이계진입 리로디드 8

임경배 퓨전 판타지 소설

초판 1쇄 찍은 날 § 2016년 8월 11일
초판 2쇄 펴낸 날 § 2021년 4월 5일

지은이 § 임경배
펴낸이 § 서경석

편집책임 § 고승진

펴낸곳 § 도서출판 청어람
등록번호 § 제387-1999-000006호
등록일자 § 1999. 5. 31
어람번호 § 제1-2500호

주소 § 경기도 부천시 원미구 부일로 483번길 40 서경B/D 3F (우) 14640
전화 § 032-656-4452 팩스 § 032-656-4453
http://www.chungeoram.com
E-mail § chungeorambook@daum.net

ⓒ 임경배, 2015

ISBN 979-11-04-90924-5 04810
ISBN 979-11-04-90529-2 (세트)

RELOADED

임경배 퓨전 판타지 소설

FUSION FANTASTIC STORY

이계진입 ⑧
리로디드

도서출판 청
람

CONTENTS

Chapter 1   혼란스러운 정세   7

Chapter 2   사파란!?   55

Chapter 3   세상의 중심엔 아무도 없다   123

Chapter 4   왕의 귀환   157

Chapter 5   영웅의 부활   237

RELOADED

이계진입 리로디드

Chapter 1

혼란스러운 정세

2차 카곤 전쟁은 릴스타인 왕국의 패배로 끝났다.

　카곤 시티는 기존의 삼국 조약에서 릴스타인 왕국을 제하고, 라텐베르크 왕국과 이나시우스 교국에 세금을 바치고 보호를 받는 새로운 조약을 체결했다.

　도시를 지배하는 카곤 7가문의 정세도 바뀌었다.

　친(親)릴스타인파였던 트론 가문과 레스탈 가문이 힘을 잃었고 관리들도 대거 숙청되었다. 대신 과거 친젝센가드파였던 발라트 가와 젤페인 가의 위상이 높아졌다.

　현재 라텐베르크 왕국은 젝센가드를 잃고 국력이 크게 깎였다. 자연스레 저 두 가문도 권세가 많이 줄어든 참이었다. 하지만 창천기사단이 큰 공을 세우자 다시 힘을 얻은 것이다.

다행히 카곤 시티의 현 시장은 친이나시우스파라 무난히 다시 권좌를 차지할 수 있었다.

그의 지휘 아래 카곤 시티는 빠르게 혼란을 수습해 갔다.

그동안 이나시우스―라텐베르크 연합군은 카곤 시티에 주둔했다. 혹여 있을지 모를 릴스타인 왕국의 재발호를 막고 도시의 치안을 안정시키기 위해서였다.

덕분에 시한 일행과 창천기사단 역시 당분간 카곤 시티에 머무르게 되었다.

*　　　*　　　*

시청 근처의 한 커다란 저택.

원래 트론 가문의 저택 중 하나인 이곳이 현재 켈테론 기사단의 임시 거주지였다. 시한 일행과 창천기사단을 합쳐 40명에 가까운 대인원이 모두 묵고도 남을 만큼 큰 저택으로, 친릴스타인파로서 책임을 지고 트론 가문이 제공한 곳이다.

그 저택 지하실에서 성시한은 딱딱하게 굳은 표정으로 눈앞의 광경을 지켜보았다.

"으음……."

지하실에 배치된 다섯 개의 목조 테이블에 다섯 구의 시체가 놓여 있었다.

적색 갑주를 걸쳤던 정체불명의 초인급 소드하이어, 그 5인의 시신이었다.

전투가 끝난 뒤 시한은 호트렌에게 부탁해 이들의 시신을 인도받았다. 선 스테인과 창천기사단의 전공이 워낙 컸고 딱히 문제 될 것도 없는 요청이기에 호트렌도 흔쾌히 시체들을 넘겨주었다.

죽은 지 며칠이 지난 시체지만 냉기 마법으로 얼려놓아 아직 부패는 일어나지 않았다. 죽은 이들을 유심히 살피며 시한이 중얼거렸다.

"역시 지구인이야……."

이미 얼굴을 아는 삼십 대의 건장한 사내, 빈센트 프란츠 헬펜슈타인을 비롯해 남은 4인을 찬찬히 살폈다.

유명인인 헬펜슈타인과 달리 다른 네 명은 알아볼 수 없었다.

대체로 이십 대에서 사십 대 사이의 남성들이었는데, 헬펜슈타인을 제외하곤 딱히 몸을 단련하거나 하진 않은 듯했다. 다들 적당히 기름이 끼고 적당히 근육이 있는, 평범한 현대 지구인이었다. 몸만 봐서는 이들이 테라노어 무인들의 꿈이라 불리는 초인급 소드하이어였다곤 짐작도 못 할 것이다.

'동양계가 한 명에 유럽계가 두 명, 남미 쪽으로 보이는 인종이 한 명인가……'

물론 외모가 저들이 지구인이라는 증거는 되지 못한다. 테라노어 기준이라면 갈렌 족과 브리안, 혹은 슬로커스 인종이라 볼 수도 있으니까. 지구 남미 쪽 메스티조 인종 역시 디나 같은 테라노어 라한 족의 혼혈과 외모는 거의 비슷하다.

하지만 다른 근거가 있었다.

이들이 지구인이라 확신할 수 있는 근거가.

'다들 어금니에 치료한 흔적이 있다.'

테라노어는 신의 기적이 실존하는 곳이다. 지구와는 의술의 발전 방향이 전혀 다르다.

충치 치료만 해도 그렇다. 못사는 인간들이야 이빨 썩으면 그냥 썩는 대로 버틸 뿐이겠지만, 테라노어의 귀족들 같은 경우는 신성 치유술을 통해 오히려 지구보다도 더 편하게 충치를 고칠 수 있었다.

물론 치유술이라도 이빨을 도로 자라나게 하진 못하니 그 방법이 참으로 비인도적인데, 바로 돈 주고 가난한 자의 생니를 뽑아 자기 잇몸에 이식하고 치유술로 때워 버리는 식이다.

"…그래, 테라노어에선 이런 식으로 충치 치료를 하지 않지."

시한은 무심코 자신의 턱을 매만졌다.

차원 이동을 한, 지구의 어떤 물건도 가져오지 못하고 알몸으로 세계를 건넌 지금도 어릴 적 받았던 어금니의 충치 치료 흔적은 건재하다.

이 시체들 역시 마찬가지였다. 저마다 수준 차는 있지만 레진 혹은 아말감이나 치관 삽입을 한 흔적이 뚜렷했다.

절대 테라노어인일 수 없었다.

"후우우……."

시한은 땅이 꺼져라 한숨을 쉬었다.

가슴 한구석이 먹먹했다.

사람이 죽은 것을 처음 본 것도 아니고, 사람을 죽인 것도 처음은 아니다. 아니, 솔직히 말하면 지겹도록 익숙한 일이기도 했다.

하지만 테라노어인이 아닌 지구인의 죽음은…….

'심란하네.'

테라노어인과 지구인을 딱히 차별할 생각은 없지만, 아무리 그래도 똑같이 받아들일 수가 없다. 그 역시 어쩔 수 없는 지구인이니까.

"젠장……."

왠지 욕설이 흘러나왔다. 분노가 담긴 욕설이.

"무슨 짓을 한 거야, 릴스타인……."

고개를 저으며 성시한은 지하실을 떠났다.

저택의 거실에 성시한과 제논, 알리타가 모여 앉아 있었다.

제논이 고개를 끄덕였다.

"지구인이라……. 일단 말은 되는군요."

갑자기 하늘에서 뚝 떨어진 것처럼 존재치 않던 초인급 소드하이어가 다섯이나 더 생겼다. 말도 안 되는 일이다.

하지만 정말로 하늘에서 뚝 떨어진 것이었다면 또 말이 되지.

알리타가 심각한 얼굴로 물었다.

"그렇다는 건, 릴스타인이 광제처럼 다른 지구인을 소환할 수 있다는 소리인 건가요?"

시한이 어깨를 으쓱였다.

"정황을 보면, 아무래도 그렇다고 봐야겠지?"

참고로 디나는 이 자리에 없었다.

성시한의 정체는 밝혔지만 알리타가 루스클란이란 건 여전히 비밀이었다. 이계소환술이 관련되었을지도 모르는 사항인 만큼 일단 디나는 빼고 이야기해야 했다.

알리타가 의문을 이었다.

"어떻게 그럴 수 있었을까요? 이계의 마물이면 모를까, 이계의 인간을 소환하는 건 보통 어려운 일이 아니라고 들었는데……."

최강의 이계소환술사였던 광제조차도 혈육의 목숨까지 버려가며 겨우 성공한 것이 성시한의 소환 의식이었다.

'시한 하나 부르는데도 그 고생을 했는데, 무려 다섯이나?'

솔직히 좀 이해가 가지 않는다.

알리타의 말에 시한이 고개를 저었다.

"아니, 최소 여섯이야. 어쩌면 그 이상일지도 모르고."

죽은 5인의 지구인 중 흑인은 없었다. 래디언스 원에서 만났던 그 '디재스터 도둑놈'은 여전히 존재하는 것이다.

뭐, 붙잡아놓고 입 벌려 확인한 것도 아니니 그 흑인이 지구인인지 아닌지는 아직 확실하지 않지만…….

"이 정도로 공통점이 많은데 지구인이 아닌 쪽이 더 말이 안되겠지? 그자 역시 지구인이었을 거다."

"그렇겠네요."

고개를 끄덕이며 알리타는 잠시 생각에 잠겼다. 문득 그녀의 낯빛이 어두워졌다.

"…그럼 역시 루스클란 황족의 심장을 이용한 걸까요?"

"그럴 가능성이 높지."

시한의 반문에 제논이 눈을 부라렸다.

"그럼 릴스타인이 광제 이상으로 강력한 이계소환술사를 부리고 있다는 소리입니까?"

"그건 아닐 거야."

광제라 해서 리스크 없이 지구인을 소환할 수 있는 것은 아니다. 자살을 해야 할 판이라 그런 편법을 썼었으니까.

"그리고 현재 테라노어에서 광제 이상으로 차원력이 강한 루스클란이 존재하지 않는 건 확실해."

이계소환술은 테라노어의 마법이지만 마력과는 별개인 제3의 힘으로 발현된다. 차원력이라 명명된 이 권능은 루스클란 혈통 속에서만 전해져 오며, 열 수 있는 차원문의 규모에 따라 등급이 매겨진다.

"죽은 듀란이 삼십 미터 급이었지? 그 정도라면 제국 시절에도 충분히 일류 이계소환술사라 할 수 있었어."

"그럼 광제는 어느 정도였습니까?"

제논의 질문에 알리타 역시 호기심을 보였다. 시한이 잠시 쓴웃음을 지었다.

"광제의 차원력은 오백 미터급이었지……."

알리타와 제논이 질린 얼굴로 입을 쩍 벌렸다.

"오, 오백 미터급이요?"

"그때 본 듀란보다 열다섯 배 이상이란 말입니까?"

그 마물도 끔찍하게 강했는데, 그보다 더한 마물도 불러낼 수 있었단 말인가?

"하늘이 통째로 갈라지며 수백의 마물이 쏟아지는, 실로 끔찍한 권능의 소유자였어."

당시를 떠올리며 성시한은 몸을 부르르 떨었다.

광제 루스타나드의 마법 수준은 상아탑 제7층, 적당한 레벨의 고위 마기언일 뿐이었다. 하지만 이계소환술사로서는 그야말로 악몽 그 자체였다.

"그런데, 지금 테라노어 최강의 이계소환술사는 확실하게 누군지 알거든?"

바로 알리타였다.

"만약 알리타보다 더 차원력이 강한 루스클란이 남아 있었다면 나도 그쪽으로 소환되었을 테니까."

"아, 그렇겠네요."

알리타가 멍하니 고개를 끄덕였다. 시한이 설명을 이었다.

"알리타가 광제보다 차원력이 높진 않아. 물론 차원력이란 게 차원문 열어보기 전엔 확실히 측정될 수 없는 방식이긴 하지만, 나 같은 경우 워낙 루스클란이랑 많이 싸워봐서 대충 감이 오거든."

알리타의 차원력은 아무리 많이 쳐줘도 백 미터급 이상은 아니다. 적어도 시한의 느낌만으로는 그렇다.

"아마도 질보단 양으로 밀어붙인 게 아닐까 싶은데? 예전 광제가 한 짓도 그거였으니까."

광제는 자신의 심장 대신 다섯 아들과 일곱 딸, 직계 황족 열아홉을 희생해 성시한 소환 의식을 펼쳤다.

"그런 것처럼 릴스타인 역시 수많은 루스클란의 심장을 모았던 것이라면?"

어디까지나 촉매 역할이라면 광제급 이계소환술사가 저 의식을 주관할 필요는 없다. 듀란 정도 수준이라도 충분히 가능할 것이다.

그리고 십 년이란 세월은 결코 짧지 않다.

'그 긴 시간 동안 계속 루스클란의 심장을 모으고 또 모았다면……'

대충 계산해 보며 시한은 냉정하게 결론을 내렸다.

"어쩌면 지구인을 열 명 넘게 소환했을 가능성도 있겠군."

한 번 더 알리타와 제논이 질린 표정을 지었다.

"여, 열 명……"

"맙소사……"

실로 두려운 일이었다.

성시한 한 명으로도 테라노어의 운명이 좌지우지되었는데, 이계구원자와 동등한 존재가 열 명이나 더 있을 거라고?

시한이 가볍게 덧붙였다.

"뭐, 이제는 다섯 명이지만."

그 지구인들 중 다섯 명은 이미 시체가 되어 저택 바닥에 누위 있는 것이다. 그 말에 제논의 표정이 풀어졌다.

순간 기겁했지만, 생각해 보면 모든 지구인이 테라노어로 건너온다고 이계구원자가 되는 것은 아니다.

"그들을 감히 이계구원자와 비교할 순 없지요. 기량도 경험도 모든 면에서!"

흥분한 제논을 보며 시한은 피식 웃었다.

제논의 콩깍지를 제하고서라도, 저 지구인들이 과거의 그에 비해 떨어지는 것은 사실이었다. 여러모로 허술한 점이 너무 많았다.

"아마도 최근에 일제히 소환한 게 아닐까? 보면 전혀 전투를 해본 것 같지가 않더라고."

알리타가 반대 의견을 냈다.

"그보다는 더 오래되지 않았을까요?"

저들의 투기술 자체는 완성되어 있었다. 검술도 실전 경험이 전무해서 그렇지, 수준 자체는 나쁘지 않았다.

어설픈 건 어디까지나 실제 상대와 공방을 나눌 때의 이야기고, 그냥 제자리에서 시연하는 식이었다면 딱히 흠을 잡지 못했을 것이다.

"오랜 기간 실전을 안 겪고 훈련만 한 케이스 같았거든요? 그리고 시한이라도 몇 달 만에 초인급 초입까지 오른 건 아니죠? 꽤 시간이 걸린 것으로 알고 있는데."

"음, 처음 테라노어 와서 반년 간은 그냥 무능력자로 지냈고, 그다음에 조금씩 투기를 접했으니까……."

잠깐 시한이 날짜를 세어보았다.

"한 1년 반 정도? 그쯤 되겠네."

몇 달이나 1년 반이나, 테라노어인이 보기엔 여전히 말도 안 되는 기간이다. 하지만 제논도 알리타도 그럴 줄 알았다는 표정이었다. 이계구원자의 일대기는 두 사람도 익히 접했으니 대충 저쯤일 거라 짐작은 하고 있었다.

"그럼 저들도 최소 그 정도 기간은 필요로 하지 않았을까요?"

"그게 좀 애매한 부분인데……."

알리타의 질문에 성시한이 뒷머리를 긁었다.

지구인 기준이라면 투기술의 완성도나 투기량만으로 터득한 기간을 예측하기가 쉽지 않은 것이다.

"제논."

"네, 시한."

"패왕기, 현란. 어디까지 익혔어?"

부끄러워하며 제논이 대꾸했다.

"아직 5연 정도가 한계입니다."

패왕기, 현란은 한 호흡에 아홉 번의 투기참을 날리는 고도의 기법이었다. 제논도 벌써 몇 달째 연습 중이지만 아직 완성하지 못했다.

"벌써 5연이면 부끄러워할 수준은 아니지."

고작 몇 달 만에 저만큼이나 익힌 시점에서, 용병왕 바락이 보면 눈물 흘리며 제논의 재능을 칭찬했을 것이다.

"하지만 난 터득하자마자 바로 아홉 번의 완성된 참격을 구사할 수 있었어."

"과연! 역시 대단하시군요!"

"아니, 이거 잘난 척한답시고 한 말이 아냐."

"네?"

"제논, 넌 지금 패왕기, 현란으로 3연이나 4연도 할 수 있지?"

"당연한 것 아닙니까?"

제논은 어리둥절한 표정을 지었다. 한 호흡에 다섯 번이 가능한데 세 번이나 네 번을 못 할 이유가 전혀 없잖아?

"그래, 보통은 그게 정상이지."

시한이 고소를 머금었다.

"난 터득하자마자 아홉 번의 참격이 가능했다. 대신 여덟 번의 참격은 못 날렸지."

"…네?"

"투기술을 따라하는 건 쉬워. 하지만 응용 단계로 가면 깊은 이해도가 필요한데, 이 부분은 지구인이나 테라노어인이나 별 차이가 없거든? 그런데 사실 내가 패왕기를 익힐 정도의 자질은 아니었는지라……."

패왕기는 터득하는 데 무자비한 재능이 요구된다. 그리고 솔직히 말해서 성시한의 재능 자체는 그 정도로 뛰어나지 않다.

물론 일류 검사가 될 정도니 일반인에 비해선 많이 뛰어나다. 한국에서도 전문적으로 운동선수가 될 수준의 재능은 있다.

하지만 천재 중의 천재인 바락이나 제논, 레비나와 비교할 순 없는 것이다.

"솔직히 지금도 패왕기는 반도 이해 못 했어. 현란쯤 되면 너무 응용하기가 힘들어서 말이지."

"에, 하지만 시한은 현란 8연이나 7연도 할 수 있잖습니까?"

예전에 연습하는 걸 본 적이 있었다. 제논에게 가르쳐 줄 때도 보여줬고.

"응, 그래서 편법으로 배웠지."

용병왕 바락에게 패왕기, 현란을 1연부터 9연까지 모조리 시연해 달라고 한 것이다.

"검식의 응용 부분까지 죄다 독립된 기술로 인식해서 베낀 거야. 어쨌거나 따라 하는 건 쉽거든."

"아니, 그 무슨 비효율적인……."

"어쩌겠어? 재능이 모자란데."

잠시 시한이 키득거렸다. 그리고 이내 표정을 진지하게 바꿨다.

"저런 이유로, 투기술의 완성도만 보고 몇 년씩 훈련했다고 치부할 순 없어. 투기량 역시 마찬가지고."

과거 시한은 실전을 통해 투기량을 늘려갔다. 이는 잦은 실전 덕분에 투기량이 늘어났다는 의미가 아니다. '잦은 실전이었음에도 불구하고' 투기량이 늘었다는 소리다.

"사실 투기량만 보면 실전을 계속 겪는 것보단 연무장에 처박혀서 훈련만 하는 쪽이 상승폭이 더 높지. 두 사람 다 잘 알잖아?"

결국 지구인 기준이라면, 저들이 투기를 익힌 기간은 기술의 완성도나 숙련도보다는 응용력 쪽을 봐야 그나마 정확한 것이다.

제논이 고개를 주억거렸다.

"다들 응용력은 바닥이었지요. 그럼 의외로 얼마 안 되었을 수도 있겠군요?"

"게다가 저들 중 한 명은, 적어도 내가 테라노어 오기 전에 소환되지 않았다는 게 확실하거든."

빈센트 헬펜슈타인은 분명 성시한이 테라노어로 차원 이동하기 전까지 미국에서 시합을 뛰고 있었다. 갑자기 그가 실종되었다면 분명히 뉴스가 되었을 것이다.

"나도 제논과 같은 생각이야. 아마도 소환된 지 몇 달 되지 않았을 거다."

둘의 대화를 옆에서 듣고 있던 알리타가 문득 고개를 갸웃거렸다.

"둘 다 이 점은 이상하게 여기지 않는 거예요?"

적색 기사들을 상대하며 가장 의아하게 여겼던 부분이 있다. 그런데 어쩐지 시한이 그 점은 전혀 언급하지 않는다.

"그들은 아무도 제정신으로 보이지 않았어요."

울부짖어 대던 포효, 단순하리만치 멍청하게 반응하던 태도.

그들은 마치 짐승과도 같았다. 전투에 임하는 전사가 응당 보여야 할 인간다운 감정들이 느껴지지 않았다.

"오지의 야만인, 아니 그보단 전설로 전해지는 광전사 같은 모습이었죠."

그들이 성시한과 같은 지구인이라면 이해할 수 없는 모습이었다.

"지구인이라면 분명 인간이고, 또 지성이 있다는 소리일 텐데……."

"그건……."

시한이 말끝을 흐렸다.

실은 그도 저 어색함을 충분히 인식하고 있었다. 생각하기 싫은 부분이라 무심코 화제를 뒤로 미루고 있었을 뿐이지.

성시한은 이를 악물었다.

"…아마 릴스타인의 짓이겠지."

　　　　*　　　　*　　　　*

　루스클란이 소환한 이계의 마물은 소환자에게 완벽하게 복종한다. 이계소환술사가 지닌 마물에 대한 지배력은 절대적이어서, 설사 스스로 목숨을 끊으라고 명령해도 주저하지 않고 따른다.

　하지만 지성이 있는 존재는 달랐다.

　성시한은 분명 테라노어 역사상 최초로 소환된 이계의 인간이다. 하지만 최초로 소환된 이계의 '지성체'는 아니다.

　드물긴 해도 가끔 이계로부터 인간 이상의 고차원적인 영적 존재가 소환되는 경우가 있었다.

　악마라 불리는 이 존재는 강력한 권능과 사악한 지혜로 소환자를 돕긴 했지만 결코 절대적으로 명령에 복종하진 않았다. 가끔은 오히려 악마가 소환자를 속여 영혼을 강탈해 가는 경우도 심심찮게 있었다.

　이성을 지닌 존재는 아무리 루스클란이라 할지라도 마음대로 지배할 수 없는 것이다. 당장 성시한만 해도 광제가 소환했지만 오히려 그에 맞서 싸우지 않았는가?

　그러니 설사 릴스타인이 지구인을 소환했다 해도 그것만으로 저들이 저렇게 이성을 잃고 짐승 같은 모습이 되었을 리는 없다.

"…뭔가 다른 수를 썼다는 의미지."

성시한은 과거 켈테론을 처음 만났을 때를 기억하고 있었다. 그때 동행했던 마기언이 정체불명의 검은 가루를 이용해 사교도 하나를 강제로 정신 지배했던 것 역시.

마학적으로 있을 수 없는 일이기에 꽤나 인상 깊었던 광경이었다.

정황을 보건대 그 검은 가루는 분명 릴스타인과 관련이 있다.

"그리고 굳이 마법이 아니더라도, 인간의 정신을 파괴하는 것은 그리 어렵지 않으니까."

마법 따윈 없는 지구에서도 인간 하나쯤 정신병자 만드는 것은 일도 아니다. 충분한 폭력과 고문, 그리고 약물의 힘을 빌리면 가장 현명한 자조차도 똥오줌 못 가리는 짐승만도 못하게 바꿀 수 있는 법이다.

시한의 말에 알리타가 고개를 끄덕였다.

"릴스타인 입장이라면 그럴 법도 하겠네요."

광제 루스타나드가 지구인 소년 하나를 잘못 소환해 무슨 꼴을 당했는지 바로 옆에서 보아온 릴스타인이다.

"광제의 전철을 밟지 않으려면 처음부터 철저히 정신을 파괴해 꼭두각시로 만들 필요성이 있었겠죠."

그녀가 말미를 흐렸다.

"정말 끔찍한 일이군요……."

아무 죄도 없는 지구인들이 멋대로 테라노어에 소환되었다. 그것만으로도 지옥 같은 일인데 정신마저 파괴당한 뒤 짐승처럼 다루어지고 있다니…….

그들을 같은 인간으로 보고 있다면 차마 할 수 없는 짓이다. 그야말로 인간을 '도구'로만 볼 때 가능한 죄악.

제논도 한탄을 터뜨렸다.

"맙소사, 내가 저런 금수만도 못한 인간을 왕이라고 섬기고 있었다니……."

시한이 한숨을 깊게 내쉬었다.

"후우……."

그는 인간이 얼마나 잔인해질 수 있는지 알고 있었다.

또한 인간이 자신과 무관하다고 생각하는 다른 인간을 얼마나 무가치하게 볼 수 있는지도.

같은 세계에 사는, 그저 나라가 다를 뿐인 외국인조차도 필요하다면 얼마든지 잔혹하게 대할 수 있는 것이 인간이다.

그런데 세계조차 다르다면 두말할 것도 없겠지. 얼마든지 같은 인간으로 보지 않을 수 있다.

'하지만 릴스타인이 어떻게 그럴 수가…….'

지구인인 성시한이 이 지옥 같은 세계에 떨어져 얼마나 고

통받았는지 잘 알면서, 시한과 그토록 오랜 시간을 같이했으면
서……:

'그럼에도 불구하고 지구인을 도구로만 볼 수 있다는 건가?'

자신이 과거 친구들을 잘못 보았다는 것을, 그들의 본성을
전혀 알아차리지 못했다는 건 이미 인정했다.

'그래도 그렇지, 이 정도였나? 내가 이렇게까지 아무것도 몰
랐던 거야?'

분노보다는 슬픔이 먼저 느껴졌다. 단순한 과거의 과오를 넘
어서, 지나온 세월 자체가 전부 부정당하는 듯한 기분이었다.

시한은 희미한 욕설을 내뱉었다.

"빌어먹을……."

침묵이 흘렀다. 적막이 거실을 맴돌았다.

고요를 깬 것은 잔잔한 알리타의 목소리였다.

"그럼 릴스타인도 이제 일이 많이 틀어졌겠네요?"

"응?"

시한이 그녀를 돌아보았다. 알리타가 또박또박 말을 이었다.

"릴스타인이 카곤 전투에 지구인을 절반이나 투입한 것은 이
해가 가요. 패할 거라 생각지 않은 전투일 테니까. 실제로 시한
이 없었다면 패할 리가 없었을 테고요."

성시한이 없었다면 창천기사단은 기껏해야 초인급 2명 정도
의 발을 묶는 것이 고작이었을 것이다.

그럼 호트렌은 초인급 3명을 상대해야 했을 테고, 그의 실력을 볼 때 당연히 프레이어 클레르망의 뒤를 따르게 되었겠지.

"지구인들이 예의 저 '알 수 없는 투지 상실 증상'을 보이기도 전에 전쟁은 끝났을 것이고, E—L 연합군 역시 참혹하게 패했겠죠."

제논도 동의했다.

"죽은 지구인들에겐 미안한 이야기지만, 생각해 보면 다행스러운 일입니다. 그들의 기량이 어설플 때 미리 처리해 버릴 수 있었으니까요."

"그런가……."

성시한의 표정이 살짝 풀렸다.

확실히 릴스타인 왕국군은 이 전투에서 자신들이 패배할 거라곤 생각지도 않았을 것이다. 초인급 소드하이어가 다섯이나 있는데?

그의 입가에 옅은 미소가 떠올랐다.

"그럼 릴스타인 녀석, 지금쯤 혼란에 빠져 있겠군."

*   *   *

카곤 시티에 머무르던 중이었다. 어느 날 성시한은 예상치 못한 손님을 맞이하게 되었다.

"엥? 켈테론?"

"오랜만에 뵙습니다, 시한 님."

라텐베르크에서 바쁘게 재상 일 하고 있어야 할 켈테론이 카곤 시티에 찾아온 것이다.

"바쁠 텐데 어쩐 일이야?"

"카곤 시티와의 새 조약 때문입니다. 중대사인 만큼 제가 직접 처리하고 싶어서 말이죠."

시한은 미심쩍은 눈으로 켈테론을 흘겨보았다.

카곤 시티의 세수는 라텐베르크 왕실 예산에서도 상당한 부분을 차지한다. 그 정도로 중요한 조약 체결이니 사실 일국의 재상이 직접 오더라도 이상한 일은 아니지만······.

'저 집 밖 나가기 싫어하는 켈테론이?'

그가 아는 켈테론이라면 어지간해선 그냥 외교관 보내서 체결시켰을 일이었다. 손해 안 보게 꼼꼼히 계획 짜서 들려 보내긴 했겠지만.

"평소라면 저도 그랬겠지만······."

켈테론이 빙그레 웃었다.

"시한 님께서 여기 계신데 수하 된 몸으로 어찌 편안히 있겠습니까? 혹여 명하실 일이 있을까 싶어 와봤습니다요, 헤헤."

확실히 그와 시한의 평소 소통은 꽤 불편하다. 켈테론은 자기 할 말만 하고 시한은 듣기만 하는 구조니까.

성시한이 켈테론에게 뭔가 일을 시키려면 따로 전령을 보내야 하는데, 그럼 아무래도 비밀 유지가 안 되는 것이다. 전령을 시켜도 될 정도로 극비가 아닌 일이라면, 그냥 켈테론 측에서 8층 마기언을 동반해 상호 간 전언 마법을 구사하면 된다.

'아무리 그래도 비밀 이야기 좀 하겠다고 켈테론이 저 무거운 엉덩이를 들었을 것 같진 않은데?'

왕래하기엔 라텐셸과 카곤 시티의 거리는 너무 멀지.

'에라, 이 인간.'

성시한은 켈테론의 속내를 어렵지 않게 짐작해 냈다.

'시간 내서 얼굴 도장 한 번 더 찍겠다 이거구만?'

영어 속담에 이런 말이 있다.

Out of sight, out of mind.

얼굴 너무 안 보고 살다 보면 자연히 마음이 멀어지는 게 인간 심리다. 그간 성시한이 바깥으로 돌아다닌 기간이 꽤 길었으니, 이참에 얼굴도 비치고 알랑방귀를 뀔 속셈인 것이다.

'간신배치곤 근면성실하다고 해야 할지, 아니면 근면성실하게 간신배 짓을 한다고 해야 할지……'

어이가 없어 성시한은 혀를 찼다. 어쨌거나 딱히 탓할 일은 아니다.

"뭐, 잘 왔어."

마침 잘됐다 싶어 지구인에 대한 이야기를 켈테론에게도 들려주었다. 그의 의견도 들어보고 싶었다.

과연 켈테론의 안색은 급격히 굳어졌다. 일의 중대성을 바로 이해한 모양이었다.

"맙소사, 느닷없이 초인급 소드하이어가 대거 출현해 이상하다곤 여겼었지만 그런 일이었을 줄이야……."

"그래도 다행이지. 일 커지기 전에 예봉을 꺾은 셈이니까. 아마 지금쯤 릴스타인 녀석, 예상이 어긋나서 꽤 당황하고 있을걸?"

시한이 어깨를 으쓱였다. 그런데 켈테론이 애매한 반응을 보였다.

"그건 좀 모르겠군요. 분명 릴스타인이 시한 님의 존재를 눈치채진 못했겠지만……."

떠오르는 신에 초인급 소드하이어, 켈테론 기사단장 선 스테인의 참전 정도는 릴스타인도 예상했을 것이다. 켈테론이 그간 열심히 소문을 퍼트려 놓았으니까.

"그리고 소환된 지구인의 기량이 비정상적이란 건 릴스타인도 이미 파악했을 것 같습니다만?"

릴스타인이 마기언이라 해서 소드하이어에 대해 무지한 것은 아니다.

혁명전쟁 시절 무수한 소드하이어들을 접해본 릴스타인이다. 본인이 투기를 다루지 못할 뿐이지, 무술이나 투기술에 대해선 어지간한 무인 이상으로 박식하다.

그런 릴스타인이 '애들은 투기강 쓰니까 초인급! 우린 초인급이 다섯이고 저쪽은 둘이니까 분명히 우리가 이길 거야! 응? 검술과 투기술의 응용도? 실전 경험? 그런 건 내 알 바 아니고!' 같은 멍청한 판단을 과연 내릴까?

"초인급 소드하이어와 백금위의 프레이어, 그리고 창천기사단이라면 초인급 다섯도 감당할 수 있다는 게 라텐베르크와 이나시우스 교국의 판단이었습니다."

릴스타인 역시 아군의 승리는 확신했을지언정, 무슨 일이 있어도 초인급 소드하이어 5인을 잃거나 할 일은 없다고 장담하진 않았을 것이란 게 켈테론의 추측이었다.

"물론 초인급을 전부 잃을 리도 없다고 여기긴 했을 겁니다."

사실 이번 승리는 성시한의 존재보다는, 오히려 저쪽 초인급들이 자멸한 덕분이라고 해야 한다. 만약 그 알 수 없는 흐트러짐이 아니었다면 설사 전쟁은 이겼을지 몰라도 초인급 소드하이어 대부분은 놓쳤을 것이다.

"초인급 소드하이어라면 비록 아군이 패한다 해도 자기 한 몸 전장에서 빼내는 것쯤은 그다지 어렵지 않을 테니 말이죠."

시한이 입을 열었다.

"그 현상은 분명 릴스타인도 예상 못 한 일일 거야. 그런 문제를 미리 인지하고 있었다면 미리 전장에서 물러나게 하거나 했을 테니까."

"예, 저도 그렇게 생각합니다. 그러니 아마도 1명에서 2명 정도? 그 정도 손실 가능성을 염두에 두고 있었을 것 같은 데……."

켈테론이 차분히 말을 이었다.

"그걸 감안하면 실제 지구인의 숫자는 좀 더 많은 게 아닐까요? 만약 제가 저 입장이라면 절대 전력의 30% 이상은 안 내보냈을 것 같습니다만."

"…열 명 이상일지도 모른다고? 어쩌면 스무 명?"

순간 시한의 눈앞에 적색 기사 스무 명이 스무 개의 빛나는 투기강을 선보이며 달려오는 환상이 보였다.

그가 몸을 부르르 떨었다.

"어우, 상상만 해도 끔찍하네."

아무리 그가 무신급 소드하이어이자 플로어 마스터라곤 해도 초인급 소드하이어가 스무 명이라면 절대 무시할 수 없다.

설사 그들 중 다섯이 죽었고, 나머지 역시 전투 경험이 없고, 검술이 골방 룸펜 수준인 데다 투기술 응용력 따위 전혀 없다 해도…….

'어? 잠깐? 이렇게 따져보니 또 할 만할 것 같기도 하다?'

그렇게 시한이 잠시 딴생각을 하고 있을 때였다.

켈테론이 어깨를 펴더니 태연하게 말했다.

"뭐, 조만간 진실을 확인할 수 있지 않겠습니까?"

"그야, 릴스타인이 다시 쳐들어오면 싫어도 확인할 수밖에 없겠지만……"

"아뇨, 그런 뜻이 아니라……."

문득 켈테론이 싸늘한 미소를 떠올렸다.

"다른 쪽에서 확인해 줄 테니까요."

현재 릴스타인 왕국은 잠잠했다. 카곤 시티 재점령을 위해 군사를 동원하거나 하는 움직임은 보이지 않았다.

그럴 상황이 아니었다.

"당연히 이렇게 될 줄 알았지만 어쩜 이리도 예상대로인지……."

켈테론이 혀를 찼다. 그리고 고소하다는 표정을 지었다.

"사파란 왕국이 움직였습니다. 벌써 열흘 전에 릴스타인 왕국 북부 국경을 넘었다고 하더군요. 지금 그쪽은 카곤 시티를 신경 쓸 겨를이 없을 겁니다, 크크큭!"

*　　　　*　　　　*

과연, 릴스타인 왕실은 혼란에 빠져 있었다.

"북부 벨가르 성이 함락되었습니다."

"현재 사파란 왕국의 8,000 정예가 남하 중입니다!"

"사파란 왕국의 주력인 백호기사단 100기가 그들을 이끌고 있다고 합니다!"

보고하는 신하들의 표정은 영 밝지 않았다. 이들 역시 사파란 왕국이 이리 나올 줄 예상하고 있었던 것이다.

신하 중 한 명이 속으로 통탄했다.

'허허, 그래서 카곤 시티 정벌은 시기가 이르다고 그토록 고했었거늘……'

하지만 릴스타인은 신하들의 말을 듣지 않았다.

신하들도 감히 그의 고집을 꺾지 못했다.

강력한 마법의 힘, 그리고 3대 마탑에서 나오는 권력을 바탕으로 릴스타인은 왕국 전체를 장악하고 있었다. 문제없을 거라며 밀어붙였고, 결국 이런 결과가 나왔다.

'아니, 사실 우리도 그 후에 꽤나 기대하긴 했었지……'

신하들이 강하게 반대하지 못한 이유도 있었다. 갑자기 나타난 초인급 소드하이어 5인, 그 눈부신 투기강의 빛에 이들 역시 잠깐 취해 있었던 것이다.

신하들이 작은 목소리로 서로에게 속삭인다.

"도대체 그 초인급 소드하이어들은 정체가 뭘까요?"

"정체는 둘째 치고, 너무 허무하게 당하지 않았나?"

"그야 상대가 그 창천기사단이니……"

"아무리 창천기사단이라도 그렇지, 이쪽은 무려 초인급이 다섯이었잖소?”

“거참, 하이어 로렌스는 그렇게 무능한 친구가 아니었는데.”

혼란스런 회의장을 릴스타인은 말없이 지켜보기만 했다. 그는 전혀 당황하지도, 혼란스러워하지도 않는 것 같았다.

신하 중 한 명이 조심스레 릴스타인의 의중을 살폈다.

“…폐하? 어찌하면 좋을지……”

릴스타인이 입을 열었다.

“홍룡기사단을 전원 출격시킨다.”

또한 각 영지에서 기사와 병사들을 모으고, 왕도방위군을 전부 북진시켜 북부에 방어선을 갖춘 뒤 사파란 왕국군을 상대하라는 것이 그의 지시였다.

신하 하나가 놀라 외쳤다.

“그럼 왕도의 방어가 너무 취약해집니다, 폐하!”

“그건 신경 쓸 필요 없다.”

단호하게 결정을 내리며 릴스타인이 몸을 일으켰다. 왕좌에서 일어나며 그가 차가운 눈으로 신하들을 오시했다.

“이미 결정을 내렸다. 시행하라. 짐은 이만 가보겠다.”

감히 반박하지 못하고 신하들이 일제히 고개를 숙였다.

“예, 폐하!”

*   *   *

회의를 마친 릴스타인은 자신의 연구실로 돌아갔다.

이 거대한 연구실에 다른 이는 없었다. 시종 하나 없이 홀로 앉아 릴스타인이 미소를 띠었다.

"후후후……"

신하들의 혼란은 전혀 신경 쓸 필요가 없었다. 카곤 시티의 패배는 예상 외였지만, 그렇다고 근심할 정도도 아니었다.

조금 빗나가긴 했지만 여전히 모든 것이 계획대로다.

"좋아, 드디어 사파란이 낚였군."

처음부터 카곤 시티가 목적이 아니었다. 아니, 정확히 말하면 주요 목적이 아니라고 해야겠지.

카곤 시티를 차지함과 동시에 더 큰 목표를 노린 것이었다.

사파란을 바로 노리는 건 곤란했다. 명분도 없고, 저 예민한 사파란이 뭔가를 느끼고 몸을 사릴 가능성도 컸다.

그러니 카곤 시티를 미끼로 삼는다. 사파란이 자발적으로 전쟁을 걸어오도록.

걸려든 사파란이 어리석다고 할 수만도 없었다.

"안 낚일 수가 없겠지. 입장이 반대였다면 나라 해도 똑같이 행동했을 테니."

게다가 의도하진 않았지만 릴스타인 왕국군은 카곤 시티에서 아주 크게 패해 버렸다. 그야말로 대패라고 해도 좋을 정도였다.

덕분에 손해가 막심하지만 그 덕분에 사파란의 반응도 더 컸다. 몰려오는 군세를 보면 아주 이 기회에 작정하고 몰아붙일 모양이다.

'모든 것이 잘 풀리고 있어.'

흡족해하던 릴스타인이 잠시 인상을 썼다.

'…그 소문만 제외하곤 말이지.'

그러고 보니, 살짝 마음에 걸리는 일이 있었다.

"그놈, 이름이 션 스테인이라고 했던가?"

션 스테인.

용병왕 바락의 후계자로 창천기사단의 새로운 단장이 된 젊은 초인급 소드하이어.

저 청년의 진정한 정체가 '그'일지도 모른다는 묘한 소문이 있었다.

솔직히 특징만 보면 저런 소문이 도는 게 이해가 갔다. 워낙 비슷해야지? 릴스타인도 진실을 몰랐다면 경계했을지 모르겠다.

하지만 그는 진실을 안다.

그렇기에 저 소문이 거짓임도 안다.

"절대 시한은 자력으로 차원을 넘을 수 없어."

과거에도 확인했고 현재에도 또다시 확인해 본 진실이었다.

"그 녀석에게 그런 인자가 없다는 건 십 년 전에 확인이 끝났다. 소환된 지구인 역시 재확인을 해보았지."

하지만 릴스타인은 신중한 성격이었다.

모름지기 돌다리는 몇 번을 두들겨보고 건너도 모자람이 없는 법이다. 한 번 더 확인해 봐도 손해 볼 것은 없다.

"그러고 보니 그때 실험해 본 지구인은 그 녀석의 동향 사람이 아니었지?"

릴스타인의 사념파가 허공을 갈랐다.

잠시 후, 어둠 너머로 한 사내가 모습을 드러냈다. 갈렌 민족 특유의 흑발 흑안에 평평한 얼굴, 드문드문 흰머리가 보이는 사십 대 사내였다.

간혹 흘러나오는 언어를 통해 릴스타인은 이 남자의 국적을 파악해 놓았다. 지구의 다른 언어는 몰라도 그 언어만큼은 알고 있었다.

[가까이 오라.]

릴스타인의 사념파에 남자가 멍한 대꾸를 흘렸다.

"네, 사장님."

한국어였다. 이 남자는 성시한과 마찬가지로 한국인인 것이다.

'그런데 왜 날 사장님이라고 부르지?'

잠시 릴스타인은 의아해했다.

사념파를 통해 저 '사장님'이란 단어가 일종의 상단 주인을 뜻한다는 건 안다. 그리고 이 사내가 Sir이나 마스터 같은 의미로 저 단어를 쓴다는 것도 안다.

'그런데 왜 한국에선 상단주가 존칭으로 쓰이는 거야?'

언어는 곧 그 나라의 문화를 대변하는 법이다.

설마 한국이란 나라는 오직 돈만으로 인간의 가치가 결정되고, 돈 있는 자가 돈 없는 자를 지배하는 금권 제일주의 국가인 걸까?

인간의 지식, 지혜, 경험, 인품, 그 모든 걸 무시하고 오직 돈만 많으면 장땡인 나라?

릴스타인은 이내 고개를 저었다. 너무 극단적인 해석이었다.

'에이, 그런 나라가 멀쩡히 돌아갈 리가 없잖아? 분명 그 녀석 말에 따르면 한국은 문명이 엄청나게 발달한 곳이었는데.'

아마도 이 사내가 한국의 상단에 속해 있는 노예 출신이거나 한 모양이다.

대충 납득하며 릴스타인이 다시 명령을 내렸다.

[손을 내밀어라.]

내민 사내의 팔뚝에 가볍게 손짓을 한다. 팔뚝이 갈라지며 피가 허공으로 솟구친다.

그러나 바닥으로 떨어지진 않았다.

마치 무중력 상태인 것처럼 허공에 붉은 피가 방울져 맺히며 떠다닌다.

[물러가라.]

사내를 돌려보낸 뒤 릴스타인은 마력을 발동했다. 강력한 권능이 그의 지혜와 지식을 업고 핏방울을 차분히 훑어갔다.

잠시 후 결론을 내렸다.

'역시.'

이 사내에게도 차원력의 인자 따윈 없었다. 한국인이라고 다른 지구인들과 특별히 다른 것은 아니었다.

틀림없다. 차원을 여는 힘, 차원력은 오직 루스클란의 후예만이 가진 인자다.

'나도 참 소심한 놈이란 말이지. 이걸 대체 몇 번이나 확인해 보는 거냐?'

사실 진짜 제대로 확인하고 싶었다면 션 스테인 주변에 첩자라도 심는 게 더 확실할 것이다. 하지만 릴스타인은 그럴 필요성까진 느끼지 못했다.

아무리 현명하다 해도 그는 마기언이고, 마기언은 일종의 학자다. 스스로의 지식과 지혜를 맹신하는 이가 가지는 어쩔 수 없는 한계랄까?

릴스타인이 손을 휘저었다. 핏방울이 불타며 허공에서 사라졌다.

화르르륵!

느긋한 미소를 지으며 그는 도로 의자에 앉았다. 그리고 헛웃음을 흘렸다.

'확실히 내가 소심하긴 한가 보군.'

이렇게까지 했는데도 아직 의문이 사라지지 않는 것이다. 혹시나 하는 생각이 뇌리 한구석에 여전히 맴돈다.

뭐, 상관은 없었다.

"사파란을……."

의자에 몸을 파묻은 채 릴스타인은 천천히 중얼거렸다.

"…백색 상아탑을 손에 넣으면 전부 풀릴 의문일 테니 말이야."

*   *   *

카곤 시티의 일이 모두 해결되자 시한 일행과 켈테론, 그리고 창천기사단은 일단 이나시우스 교국 수도 리자테리움으로 귀환했다. 자국의 위기를 구해준 동맹, 특히 켈테론 기사단의 공을 치하하기 위함이었다.

여왕 카렌 이나시우스가 직접 기사단장 선 스테인과 휘하 기사단원을 크론 리자테의 이름으로 축복하고 훈장과 포상을 내렸다.

그리고 헤어질 시간이 왔다.

남몰래 카렌과 독대한 성시한이 잔잔한 표정으로 작별 인사를 건넸다.

"그럼 이만 가볼게, 몸조심해."

"잘 가요, 시한."

두 사람 다 미소로 서로를 대하고 있었다. 예전에 비하면 훨씬 부드러운 분위기다.

인사를 건네다 말고 카렌이 어깨를 으쓱였다.

"…아무래도 조만간 또 보게 될 것 같은 기분이 들지만 말이죠."

"그럴 수도 있지, 어째 상황이 복잡하게 돌아가고 있으니까."

릴스타인과 사파란이 서로 싸우기 시작했다. 복수를 원하는 시한의 입장에선 대단히 좋은 기회다. 혼란이야말로 빈틈을 낳는 가장 좋은 어머니인 법이니까.

카렌이 물었다.

"그럼 릴스타인부터, 아니면 사파란?"

"상황을 봐서 움직여야지. 둘 다 처리할 수 있다면 더 바랄 나위가 없겠고."

그녀가 고개를 끄덕였다. 그리고 걱정스레 말을 이었다.

"제가 도울 일이 있다면 무엇이든 할게요. 그러니 부디 조심해요. 너무 무리하지 말고."

"걱정하지 마. 더 이상 무모한 짓은 하지 않아."

문득 시한이 짓궂은 표정을 지었다.

"무모하게 덤볐다가 카렌한테 아주 죽을 뻔했는걸?"

"그, 그건……."

카렌은 얼굴을 붉혔다. 아무리 연기였다곤 해도, 그때 그녀가 성시한을 죽도록 두들겨 팼다는 건 부인할 수 없는 사실이었다.

키득거리며 시한이 발걸음을 돌렸다.

"그럼 잘 있어, 카렌."

*   *   *

라텐베르크 왕국으로 돌아온 후 성시한은 다시 평소의 생활로 돌아갔다.

기사단 본부에 머무르며 수행과 휴식을 취하는 한편 대륙 서쪽의 정세에 대해 신경을 곤두세웠다. 켈테론 덕분에 릴스타인과 사파란, 두 왕국의 전쟁은 실시간으로 소식을 접할 수 있었다.

"일단 남하하던 사파란 왕국군은 릴스타인 왕국의 반격으로 인해 주춤한 상태입니다."

사파란의 백호기사단과 1만 정병에 맞서 릴스타인은 홍룡기사단을 전원 출격시키고 병력의 대부분을 북부로 모았다.

카곤 시티에서 잃은 병력이 상당하다 보니 아무래도 전력은 릴스타인 왕국군 측이 약했지만, 대신 그들에겐 지리적 이점이 있었다. 농성 중심으로 방어에 치중하며 사파란 왕국군의 공세를 막아내는 데만 전력을 다했다.

그래도 여전히 승기는 사파란 측에 있었다.

"대부분은 이렇게 판단할 겁니다. 이대로라면 릴스타인 왕국이 꽤 손해를 볼 것이라고."

어차피 사파란의 목적은 릴스타인 왕국을 통째로 차지하려는 것이 아니다. 그저 기회가 온 김에 비옥한 릴스타인 왕국 북부의 토지와 주요 도시 몇 개를 장악해 세력을 더 넓히려는 것뿐.

이미 릴스타인 왕국 북부의 주요 성 네 개가 사파란 왕국군에게 점령된 후였다. 이후 전선이 교착되었으니 이대로 시간만 끌어도 사파란은 충분히 이득을 챙기는 셈이었다.

"물론 우린 저런 결과가 나오지 않을 거란 걸 알고 있지만요."

"그렇겠지, 우리 예상이 옳다면 릴스타인에겐 아직 상당수의 지구인이 남아 있을 테니까."

저 정도의 전력 차이라면, 초인급 소드하이어가 대여섯 명만 더 투입되어도 순식간에 뒤집어진다. 아마 성시한이 끼어들지 않았다면 분명 릴스타인은 무난하게 카곤 시티를 차지하면서 사파란도 견제할 수 있었을 것이다.

물론 지구인을 투입시키지 않더라도 방법은 있다. 켈테론이 그 방법을 입에 담았다.

"릴스타인이 직접 나설 수도 있겠고요."

플로어 마스터의 가공할 마법은 일대일보단 전장에서 더욱 힘을 발휘하는 것이다. 릴스타인의 그 엄청난 마력이라면 저 정도 전력 차쯤은 씹어 먹고도 남음이 있겠지.

하지만 시한은 고개를 저었다.

그 경우라면, 똑같은 플로어 마스터, 백색의 사파란도 나서는 상황이 된다.

"상대가 사파란이라면 아무리 릴스타인이라 해도 승리를 확신하긴 힘들어. 설사 휘하에 초인급이 대여섯 명쯤 더 생겼다 하더라도 말이지."

저건 너무 리스크가 큰 선택이었다. 릴스타인의 성격상 저런 무모한 짓을 할 리가 없었다.

결국 릴스타인의 이 행보는 역시 카곤 시티가 목표였다는 것이 되는데…….

"릴스타인도 답답해하겠군. 기껏 손을 썼는데 얻는 게 없네?"

유쾌해하며 시한이 비웃음을 흘렸다.

고개를 조아리며 켈테론이 자리에서 일어났다.

"그럼 또 변동 사항이 생기는 대로 보고 올리겠습니다, 시한 님."

＊　　　＊　　　＊

그렇게 며칠이 지나서였다.

어째 전황이 예상과 다르게 돌아가기 시작했다.

"저기 시한 님, 릴스타인이 희한한 짓을 해버렸는뎁쇼?"

"응? 뭔 짓을 했기에?"

"정말로 직접 나섰습니다."

그렇다고 다른 이들의 예상처럼 왕국 북부 방어에 나선 것도 아니었다. 오히려 역공을 노렸다고 했다.

"휘하 병력을 이끌고 서부 항로를 이용, 헬카타 항에 상륙해 사파란 왕국을 역으로 침공했다더군요."

헬카타 항에서 동쪽으로 계속 나아가면 과거 루스클란의 4대 지방 도시 중 하나였던 노스 클라니움, 현재는 사파란 왕국의 수도인 아올라드가 나온다.

켈테론의 설명에 성시한이 눈을 치켜떴다.

"엥? 빈집 털이를 노렸다는 거야? 지금 릴스타인 왕국에 그 정도의 병력은 없다며?"

"예. 그래서 실제로 휘하 병력도 그리 많지 않습니다. 기함을 비롯한 함선 다섯 척에 정병 1,000, 기사 100여 기 정도가 전부라더군요."

다섯 척이면 함대라 하기에도 부족한 숫자다. 저 정도의 병력으로 용케 헬카타 항을 점령했구나 싶지만 뭐, 플로어 마스터가 직접 나섰다면 이해할 수 없는 결과도 아니긴 하다.

단지 저 릴스타인이 고작 저 병력만을 믿고 움직였다는 건 좀……

"혹시 홍룡기사단을 모조리 북부에서 빼낸 건가?"

시한의 질문에 켈테론이 고개를 저었다.

"그것도 아니더군요."

홍룡기사단은 여전히 북부 국경에서 사파란 왕국군과 싸우고 있었다. 릴스타인이 대동한 100기의 기사들은 전혀 다른 기사단이었다.

"진홍의 기사단, 크림슨 나이츠. 홍룡기사단과는 별도로 키운 릴스타인의 친위대라고 합니다."

"호오?"

시한이 눈을 빛냈다. 문득 떠오르는 것이 있었다.

"…그건가?"

켈테론 역시 비슷한 생각을 한 모양이었다. 그가 비릿한 미소를 지었다.

"역시 제 예상이 맞았던 것 같습니다요, 시한 님."

어설픈 초인급 소드하이어 다섯만으로 플로어 마스터, 백색의 사파란과 그 군대를 직접 상대한다면 여러모로 위험성이 많다. 신중한 릴스타인이라면 절대 취하지 않을 선택이다.

하지만 아무리 어설퍼도 그 초인급의 수가 열 명을 훌쩍 넘어간다면?

압도적인 전력 차이가 된다.

최악의 경우라도 릴스타인 자신이 목숨을 잃게 될 일은 없다.

"아마도 저 크림슨 나이츠 중 예의 그 정체불명의 초인급 소드하이어가 섞여 있겠지요. 그것도 이번엔 열댓 명 가까이."

"그럼 전혀 무모한 짓이 아니게 되지."

릴스타인의 행동이 충분히 이해가 갔다. 아무것도 모르고 직접 나서는 사파란을 압도적으로 밀어붙일 수 있으리라. 어쩌면 사파란은 왕도 아올라드와 백색 상아탑마저 잃고 도주하는 비참한 꼴을 당할지도 모른다.

"사파란이 크게 불리해지겠군."

시한의 혼잣말에 켈테론이 야비한 웃음을 지었다.

"여기서 제가 생각해 둔 것이 있는데 말입니다……."

그의 제안은 간단했다.

"라텐베르크 왕국이 사파란 왕국에 원군을 보내는 겁니다!"

배신자인 사파란을 짓밟지는 못할망정 오히려 도와준다? 얼핏 어이없는 제안처럼 들릴지도 모르겠다.

그러나 성시한은 오히려 웃었다. 켈테론의 말에 숨은 뜻을 읽은 탓이었다.

"그거 괜찮은데?"

어차피 릴스타인이건 사파란이건 처리해야 할 배신자일 뿐이다. 원군인 척하며 사파란에게 접근할 수도 있고, 또 사파란의 군세와 함께 릴스타인을 처리할 기회가 생길 수도 있다.

어느 쪽이건 의심받지 않고 접근할 수 있다는 것은 크나큰 메리트다. 특히나 상대가 경계심 많은 마기언이라면 더더욱.

"혹시 사파란이 의심하진 않을까?"

"의심할 이유가 있겠습니까? 사실 우리 나라와 사파란 왕국의 우호 관계는 아직도 유지되고 있는 셈인데요."

젝센가드 왕국과 사파란 왕국은 전부터 긴밀한 사이였다. 라텐베르크 왕국이 되며 서먹한 관계가 되긴 했지만, 우호 조약 자체는 아직 정식으로 폐지되지 않았다.

"이 기회에 사파란 왕국에 도움을 주고 아인츠 폐하의 왕권을 인정받겠다는 퍼포먼스지요. 사파란이 보기에도 충분히 자연스러울 겁니다."

절대 의심받을 리는 없었다.

"왜냐면 아인츠 폐하는 정말 저런 이유로 원군을 보낸다고 알고 있을 테니까요."

"자신이 섬기는 국왕을 속이겠단 소릴 참 잘도 하는구만?"

"제가 섬기는 분은 1순위가 시한 님, 2순위가 아인츠 폐하입니다, 헤헤."

"나중에 아인츠 1세가 뭐라 하면 어쩌려고?"

"그때야 뭐, 실은 이계구원자께서 내린 명령이라 감히 거역하지 못하고 따른 것이니 따지시려면 시한 님께 따지시라고……."

"와, 나한테 떠넘기냐? 너무 치사한 거 아냐?"

머쓱해하며 켈테론이 머리를 긁었다.

"헤헤, 저도 살아야지요."

그 모습에 성시한은 헛웃음을 흘렸다. 예전의 켈테론 같았으면 보이지 않을 모습이었다.

자신의 주군을 이용하겠다는 소릴 저렇게 대놓고 하다니. 사실 간신배의 발언으론 실격인 것이다. 성시한을 인간적으로 믿고 신뢰하기에 가능한 일이다.

"어쨌거나 좋은 아이디어 같아. 추진해 봐."

켈테론이 넙죽 허리를 굽혔다.

"예, 시한 님."

그리고 켈테론은 다시 방을 나갔다. 혼자가 된 성시한은 잠시 생각에 잠겼다.

'이러면 레비나는 좀 뒤로 미뤄야겠군.'

그가 두려워한 것은 두 명의 플로어 마스터와 한 명의 무신급 소드하이어가 손을 잡고 덤벼오는 것이었다. 레비나를 처리하지 않더라도 릴스타인 혹은 사파란을 먼저 처리할 수 있다면 부담은 크게 줄어든다.

그리고 이제는 배신자들이 부하들 사이에 숨어 있다 해도 충분히 승산이 있었다.

그는 더 이상 혼자가 아니다.

제논과 알리타, 그리고 창천기사단과 라텐베르크의 군대가 함께한다. 테오란트 왕국과 이나시우스 교국 역시 이제 아군이 되었다.

'이 기회에 릴스타인, 사파란을 모두 처리할 수 있다면 더 바랄 나위가 없겠지만……'

세상일이란 뜻대로 안 되는 법이니 저런 결과까지 기대하긴 힘들 것이다. 그렇다 해도 둘 중 하나만이라도 처리하면 남은 배신자는 둘뿐이다.

플로어 마스터 한 명과 무신급 소드하이어 한 명.

'혹여 최악의 경우를 상정해 그 둘이 손을 잡는다 해도……'

검은 눈동자 위로 얼음처럼 차가운 불꽃이 튀었다. 자신만만하게 패기를 드러내며 시한은 주먹을 움켜쥐었다.

"단둘이라면 얼마든지 감당할 수 있어!"

뭐, 금방 주먹을 풀며 쓴웃음을 짓긴 했지만.

"아니, 그래도 방심하면 안 되지? 암, 정신 차리자, 정신."

성시한의 허락을 받자마자 켈테론은 바로 행동으로 들어갔
다.

우선 정무 회의를 통해 아인츠 1세의 허가를 받은 뒤 사파란
왕국에 공식 제안을 보냈다. 양국의 우의를 되살리고 대륙의
평화를 어지럽히는 릴스타인 왕국의 무도함에 맞서 함께 싸우
자는 내용이었다.

사파란 왕국은 저 제안을 긍정적으로 받아들였다.

사실 라텐베르크 왕국은 사파란 왕국을 적으로 대하고 있지
않다. 오랜 친구인 젝센가드를 잃은 사파란이 일방적으로 아인

츠 1세를 무시했을 뿐.

그러나 사파란도 젝센가드의 통치가 워낙 엉망진창이었다는 건 잘 알고 있었다. 그리고 아인츠 1세는 단순한 타인이 아니라 친우의 아들이며 동시에 왕국의 정식 후계자였다.

대놓고 적대할 상황은 또 아닌지라, 두 왕국은 그간 소원해진 상태였다. 이 상황에서 라텐베르크가 먼저 화해의 제스처를 보이는 것은 충분히 자연스러운 것이다.

게다가 라텐베르크 왕국은 현재 2차 카곤 전쟁을 통해 릴스타인 왕국과 척을 진 상태였다. 이제 갓 국왕이 되어 왕권을 강화하고 싶어 하는 아인츠 1세로서는 사파란 왕국과의 우호가 상당히 중요할 터.

정치적으로나, 정황적으로나 사파란 입장에선 의심할 여지가 없는 제안이었다. 일국의 행사인 만큼 바로 결정을 내릴 순 없겠지만 조약이 체결되는 건 시간문제일 뿐이다.

그래서 사파란 왕국의 답변이 오기 전부터 이미 라텐베르크 왕국은 출정 준비를 갖추기 시작했다.

주축은 당연히 2차 카곤 전쟁 때 큰 공을 세운 켈테론 기사단이었다. 2,000의 정예병이 준비되어 켈테론 기사단과 호흡을 맞추며 훈련에 들어갔다.

시한 일행 역시 수행에 박차를 가했다.

특히 열심인 것은 제논이었다.

"크, 이번에야말로!"

기사단 본부 연무장에 서서 제논은 맹렬하게 검을 휘둘러댔다. 정밀한 검의 궤적 사이로 예리한 투기가 일어 올라 공기를 찢었다.

성시한이 가르쳐 준 패왕기를 피더페히트로 시연 중인 것이었다.

'역시 대단해.'

함께 수련 중이던 알리타는 그 광경에 새삼 감탄했다.

뛰어난 육체에 천부적 감각, 하늘이 내려준 재능에 노력마저 게을리하지 않는다. 거기에 이계구원자의 가르침까지 받고 있으니 제논의 기량은 하루가 다르게 발전하고 있었다.

감탄하다 말고 문득 알리타가 고개를 갸웃거렸다. 어째 방금 외친 제논의 대사가 좀 정황과 안 맞는 느낌이었다.

"…그런데 뭐가 '이번에야말로'라는 거예요?"

호흡을 고르며 제논이 머쓱한 표정을 지었다.

"그게, 그동안 내가 별로 도움이 안 되는 것 같아서 말이지."

"네?"

알리타는 황당해했다.

저런 하소연을 하기엔 제논은 너무나 강한 소드하이어였다. 경지만 해도 달인급에, 검술 덕분에 단기 결전이라면 초인급 초입과도 붙을 수 있을 정도다.

"아니, 제논이 도움이 안 된다니, 그 무슨……."

그간 제논에게 시한 일행이 얼마나 많은 도움을 받았던가?

그의 놀라운 요리 솜씨 덕분에 언제나 쾌적한 식사를 즐길 수 있었다.

그의 청결함 덕분에 병 한 번 안 걸리고 최상의 컨디션을 유지할 수 있었다.

사소한 것 하나까지 챙기는 그의 세심함 덕분에 불편함 없이 대륙 이곳저곳을 여행할 수 있었다…….

'어째 나열하고 보니 정작 전사로서의 도움은 별로 안 된 것 같기도 하다?'

제논이 어깨를 축 늘어뜨리며 한숨과 함께 혼잣말을 중얼거렸다.

"부끄러운 일이다. 중요한 전투 때마다 맥없이 쓰러지기만 하였으니……."

알리타는 진지하게 그동안의 전투를 되새겨 보았다.

처음 만났을 땐 시한에게 한 방 맞고 땅에 처박힌 신세가 된 제논이었다.

재회했을 때도 뭔가 폼은 그럴듯하더니 마수의 전격에 맞고 감전된 신세가 되었었다.

지룡과 싸울 때도 꼬리 한 방에 혼절했었지, 카렌과 붙었을 때도 일격에 기절했었지, 이번 그 지구 출신 적색 기사에게도

한 방에 땅바닥을 데굴데굴…….

'…어머?'

생각해 보니 오히려 위기에서 정말 도움이 된 건 알리타의 마법 쪽이 훨씬 많다!

'진짜네? 의외로 도움이 된 적이 없잖아?'

반박하려던 알리타의 말문이 막혔다. 그 모습에 제논이 더더욱 깊게 한숨을 내쉬었다.

"후우우……."

그래도 그는 좌절하지 않았다.

아직 기회는 많았다. 성시한의 복수는 이제 겨우 절반이 지났을 뿐이었다. 지금부터라도 잘하면 된다.

"사파란 때만큼은 반드시 제 몫을 해내겠어!"

각오를 다지며 제논은 더더욱 수행에 열중했다. 흠뻑 땀을 흘리는 그를 지켜보며 지나가던 시한이 의아해했다.

"제논, 쟤 오늘 뭔 일 있냐? 이상하게 흥분했네?"

*　　　　*　　　　*

수련이 끝나고 휴식 시간이 되었다. 시한 일행은 거실에 모여 앉아 오후의 티타임을 가졌다.

다과상을 차리며 제논이 별거 아니란 듯 말했다.

"그냥 간단히 준비해 봤습니다."

성시한이 질린 표정을 지었다.

"…간단히? 이게 어디가?"

잼과 소스를 바른 잘 구운 빵에 닭고기와 베이컨, 각종 야채를 켜켜이 쌓아 끼워 넣은 샌드위치, 장미로 만든 잼과 황금빛이 도는 클로티드 크림을 곁들인 스콘, 여러 가지 색의 사탕을 입힌 쿠키와 눅진한 치즈 케이크가 삼단 플레이트에 차곡차곡 쌓여 있었다.

다른 쟁반에는 남부 지방의 꽃을 말려 넣어 향을 입힌 홍차와 따뜻하게 데운 우유가 귀여운 티포트에 정갈하게 담겨 있다.

"…그냥 차 한 잔 마시는데 뭐 이리 준비가 웅장해?"

질린 성시한에 비해 알리타는 그러려니 하는 얼굴이었다.

"준비 많이 했네요? 맛있겠다."

귀족 문화에 익숙하지 않은 시한과 달리 알리타는 명색이 황족이다. 딱히 놀랄 이유는 없는 것이다.

게다가 사실 이 정도는 한국에서도 고급 호텔이라면 접하기 어렵지 않다. 성시한이 평소 이쪽에 관심이 없어서 모를 뿐이지.

어쨌거나 맛있는 거 많이 차려놨는데 불만 따위 있을 리 없다. 차를 마시며 시한 일행은 느긋하게 휴식을 취했다.

문득 제논이 성시한을 물어보며 물었다.

"그럼 시한의 다음 목표는 사파란이 되는 겁니까?"

"어쩌면 릴스타인일 수도? 상황에 따라 다르지. 어쨌건 레비나가 순서에서 뒤로 밀린 건 사실이야."

제논이 고개를 끄덕였다.

"그렇군요. 사파란이라……."

혁명 7영웅의 일원이자 현 테라노어에서 둘밖에 없는 플로어 마스터, 백색의 사파란.

그에 대한 이야기는 제논이나 알리타, 디나도 익히 들어 알고 있었다.

영웅담 속의 사파란은 꽤나 혼란스러운 인물로 묘사되곤 했다.

혹자는 사파란을 더없이 합리적이고, 겸손하며, 상대를 인정할 줄 아는 인물이라 평한다.

어떤 이는 매우 귀족적이고, 오만불손하며, 자신만 아는 이기적인 자라고 평한다.

때론 힘없는 백성의 고초를 그 누구보다도 이해하지만, 때론 루스클란의 귀족 못지않게 고압적인 태도를 보이기도 하며, 상관없는 적의 죽음에도 눈물을 흘릴 수 있지만 수많은 아군의 죽음 앞에서 통쾌하게 웃기도 하는, 여러모로 이해하기 힘든 성격.

"이것이 세간에 전해지는 사파란에 대한 이야기였죠."

차를 홀짝이며 알리타가 고개를 끄덕였다.

"물론 저걸 액면 그대로 받아들일 수야 없겠지만요."

저 이야기들은 한 사람이 떠들어낸 것이 아니다. 위인전에 나오는 수많은 위인들처럼 여러 사람들이, 여러 입을 통해서 전해지고 각색되며 덧붙여진 이야기들이다.

"그 사람의 진정한 모습은 진짜 그 사람과 밀접하게 지낸 이가 아니면 알 수 없다죠?"

그래서 알리타는 사파란의 진정한 모습을 알고 있는 이, 성시한에게 물었다.

"사파란은 어떤 사람이었나요?"

성시한이 떨떠름한 표정을 지었다.

"나, 그 밀접하게 지낸 친구들에게 뒤통수 맞고 강제로 고향 돌아간 놈인데? 그런 나한테 그들의 진정한 모습을 묻는 거야?"

"상대의 진심을 몰랐다고 해서 상대의 모든 것을 모른다는 의미는 아니잖아요?"

알리타라고 애초에 큰 기대를 하고 던진 질문은 아니었다. 그냥 현실적인 인물상 정도면 충분한 것이다.

시한이 고소를 머금었다.

"왜 저런 식으로 이야기가 도는지는 대충 알겠지만."

과거를 떠올리며 그가 입을 열었다.

"사파란을 처음 만난 건 제국력 1008년의 겨울이었어. 막 레비나가 합류한 직후였지."

*　　　*　　　*

사파란에 대한 성시한의 첫인상은 이것이었다.

'와, 남자 주제에 참 예쁘게도 생겼다.'

허리까지 길게 늘어진 화려한 허니 블론드와 울창한 숲을 연상케 하는 선명한 녹색 눈동자, 단정한 이목구비에 어린아이처럼 새하얗고 뽀얀 피부까지.

성시한도 나름대로 곱상하단 소리를 많이 들었지만 당시의 사파란과 비교하면 듬직한 사내대장부 수준이었다. 계집애 같단 소리를 항상 들어온 릴스타인이 수수하게 보일 정도랄까?

오죽하면 젝센가드가 이렇게 중얼거릴 정도였다.

"혹시 마기언이란 거, 얼굴만 보고 뽑나?"

릴스타인과 사파란을 나란히 놓고 보니 저런 오해가 나올 법도 했다. 물론 이래저래 마기언을 많이 만나 본 테오란트는 단언할 수 있었다.

"아니, 저 둘이 이상한 거다."

"잠깐, 테오란트? 왜 내가 같은 부류로 묶이는 건데?"

"거울을 보면 그 답을 알지 않겠나? 그렇게 여자 같단 소리를 듣기 싫으면 머리라도 밀든가? 릴스타인, 너 사실 그 소리 듣기 싫어하는 거 아니지?"

"…머리를 짧게 깎는다고 딱히 남자다워 보이지도 않으니까 그렇지! 차라리 긴 머리가 그나마 좀 더 있어 보인다고!"

릴스타인의 항변에 옆에 있던 카렌이 긍정하며 고개를 끄덕였다.

"확실히 그건 그렇겠네요. 릴스타인이 머리 짧게 깎아봐야 보이시한 미소녀로밖에 안 보일 테니 오히려 얕잡아 보일……."

"끙, 지금 그거 편 들어준답시고 하는 말이야, 카렌?"

릴스타인과 달리 사파란은 자신의 외모를 마음에 들어 하는 듯했다. 시한과 그 친구들이 무슨 반응을 보이건 싱글벙글 웃을 뿐 기분 나빠 하는 기색이 없었다.

"명성 높은 저항군의 여섯 리더를 만나서 반갑습니다. '자유의 날개'를 이끌고 있는 사파란입니다."

사파란 펠 크룬갈트.

그는 테라노어 북서부에서 루스클란 제국과 맞서 싸우던 저항 세력의 리더였다. 이십 대 중반의 나이에 이미 상아탑 제7층에 오른 강력한 마기언이기도 했다.

그리고 놀랍게도, 사파란은 다른 이들과 달리 출신이 평범하지 않았다. 크룬갈트는 루스클란 제국에서도 유서 깊은 귀족가인 것이다.

"유서가 너무 깊다보니 예전에 이미 몰락할 대로 몰락했지만 말이죠. 귀족이랄 것도 없는 처지입니다."

이때는 성시한을 비롯한 다섯 친구가 모두 손잡은 후였다. 아직 혁명군이 아니라 저항군이라 불리긴 했지만 이미 세력은 상당히 커져 가시적인 성과를 보이던 시절이었다.

그래서 초반의 사파란은 저들과 동등한 위치가 아니라 여섯 명의 하위 조직으로 합류했다.

하지만 그는 이내 두각을 드러냈다. 레비나와 마찬가지로, 빠르게 스스로의 가치를 증명해 다른 여섯 명과 어깨를 나란히 했다.

"그만큼 사파란의 역할이 컸었거든."

그가 합류하기 전의 성시한, 그리고 다른 친구들은 제국의 반역자였다. 군대라 불릴 정도로 저항군의 세력도 커졌고, 제국에 실질적인 피해를 입힐 만큼 강해지기도 했지만 기본적으로 레지스탕스의 위치에서 벗어나진 못했다.

그런 이들이 혁명 영웅이라는, 반역자가 아닌 제국과 동등한 대적자의 위치를 차지하게 된 것은 전적으로 사파란 덕분이었다.

"사파란은 정치적 감각이 좋았어. 몰락하긴 했어도 귀족 출신이다 보니 다른 반제국 측 인사들과의 연계도 상당히 잘했고."

마법밖에 모르던 릴스타인과 달리 사파란은 행정이나 정치 쪽에도 조예가 깊었다. 특히 사람을 다루는 데 능해, 테라노어 전역에 흩어져 있던 다양한 저항 세력들을 급속도로 흡수한 것도 사파란이었다.

"거의 혁명군의 안살림을 도맡았었지."

문제는 귀족 출신이다 보니 어쩔 수 없이 오만한 부분이 있었다는 점이었다.

"상대에 따라 태도가 손바닥 뒤집듯이 바뀌어서 혁명군 내에서도 꽤 말이 많았어."

하지만 단순히 오만한 귀족일 뿐이라면 이토록 평가가 상반되지도 않으리라. 그냥 오만한 인간이었다라고 하고 끝이겠지.

혁명전쟁 시절의 사파란은 분명 지극히 오만하면서도, 동시에 지극히 겸손한 면 역시 지니고 있었다.

"아마 지금 전해지는 상반된 평가도 그것 때문일 거야."

옛날을 떠올리며 시한이 헛웃음을 보였다.

"정말 철저하게 상대의 능력만 보고 사람을 대했거든?"

나이, 지위, 혈통, 가문.

사파란은 이따위의 '외적인 사항'은 전혀 신경 쓰지 않았다. 오직 그 사람 개인의 지혜와 지식, 그리고 무력만이 인간의 가치를 판단하는 기준이었다.

그렇기에 귀족 출신임에도 혁명군에 몸을 담았다.

'루스클란 제국의 무능한 놈들이 백성들을 지배하는 이 세상은 잘못되었다! 진정 백성들을 다스릴 자격이 있는 자가 지배자가 되어야 해!'

이것이 그의 지론이었고, 그래서 당시 성시한이 의문을 표하기도 했다.

'그래서 그 자격의 기준이 뭔데? 그리고 그 기준은 또 누가 정하는 거고?'

아무리 수박 겉핥기라지만 현대 지구에서 민주주의 개념을 익힌 이라면 응당 품을 의문이었다.

성시한을 비롯한 다른 혁명군 리더들을 가리키며 사파란은 확신을 담아 대꾸했다.

'너희들 정도면 충분히 자격이 있지.'

'너희들이라……. 그거, 사파란 네 자신도 은근슬쩍 포함시키는 거야, 혹시?'

'어쩌겠어? 사실인데.'

슬쩍 비꼰 건데도 전혀 개의치 않고 사파란은 뻔뻔하게 받아쳤다.

'슬픈 일이야, 거짓을 말하지 않으면 겸손함을 보일 수 없다니. 이것도 잘난 놈의 숙명 아니겠냐?'

사파란과의 대화를 설명하며 성시한은 어깨를 으쓱였다.

"뭐, 대충 이런 인간이었달까?"

듣고 있던 알리타가 혀를 내둘렀다.

"와, 재수 없다……."

"잘난 놈이 재수 없다는 소릴 듣는 건 당연한 세상의 이치라는 게 사파란의 말이었지."

아무리 귀족이고 혈통이 좋아도 상대가 무능하다면 지나가는 개만도 못한 취급을 했다.

아무리 천한 출신이더라도 유능한 부분이 보이면 존중하고 중히 썼다.

무서울 정도로, 철저하게 능력만 보고 상대를 대하는 것이 사파란의 성격이었다.

여기까지만 보면 참 인간관계 안 좋을 것처럼 보이지만…….

"의외로 인맥이 꽤 넓었어."

사파란에게 있어 인정할 만한 개인의 '능력' 중에는 용인술이나 사회성 등도 포함되어 있었던 것이다.

아니, 사실 마법보다도 오히려 이쪽을 더 뛰어난 능력이라고 여기고 있었다.

'헛바닥 놀려서 화염 쏘고 벼락을 날리는 거보다, 헛바닥 놀려서 자기 목숨 던져가며 남에게 충성을 바치게 하는 게 더 대단한 마법 아니겠어? 저건 정신계 마법으로도 불가능한 위업이라고.'

그래서 사파란은 반제국 측 귀족들이나 다른 저항 세력의 지도자들을 혁명군으로 끌어들이는 중추 역할을 했다. 혁명군의 세력이 커지는 데 가장 공헌한 인물인 것이다.

"요약하자면, 오만하고 자부심도 넘치지만 자신이 인정하는 이에게만큼은 확실하게 마음을 주는 타입?"

덕분에 귀족적인 면모에도 불구하고 사파란은 다른 친구들과 별 마찰이 없었다. 라이벌 격인 릴스타인과는 자주 티격태격했지만 그 외엔 무난하게 지냈다.

성시한과도 가끔 속내를 나누곤 했다.

*   *   *

제국과의 격전을 마치고 휴식을 취하던 시기였다.

성시한과 릴스타인의 인연을 궁금해한 사파란이 두 사람에 대해 물었고, 시한은 성의껏 과거의 일을 이야기해 주었다.

모든 이야기를 들은 사파란이 고개를 끄덕였다.

"그렇군, 시한. 릴스타인과 그렇게 처음 만난 거였나?"

"응, 내게 있어 그는 친구를 넘어서, 피만 안 섞였지 형제나 다름없어. 릴스타인이 없었다면 지금의 나도 없었을 거야."

시한은 눈을 반짝이며 말했다. 그 표정엔 릴스타인에 대한 깊은 신뢰가 담겨 있었다.

"그거 참 훈훈한 이야기이긴 한데……."

반면 사파란은 미심쩍다는 표정이었다.

"너무 릴스타인을 믿는 거 아냐?"

릴스타인을 라이벌로 보는 사파란은, 성시한과 달리 훨씬 객관적으로 그를 파악하고 있었다.

"그 녀석은 힘을 추구하는 타입이야. 자신이 약하다는 걸 절실하게 느꼈기 때문에 강해지기 위해서 수단과 방법을 가리지 않는."

"어째서 그렇게 확신할 수 있는 거야?"

"내가 그런 타입이니까."

스스로를 가리키며 사파란이 쓴웃음을 지었다.

"우리는 동류야. 대부분의 마기언들에게 지식과 지혜는 곧 힘이자 권능. 그렇다 보니 성향이 다들 비슷하긴 하지만."

"그래도 너희는 도리를 어기지는 않잖아?"

"사람으로 태어나 지켜야 할 최저의 선이란 건 분명 있는 법이니까."

지금 그들은 그 '최저의 선'조차 지키지 않는 루스클란 제국과 싸우는 처지다. 그렇다 보니 더욱 '사람의 도리'를 절실하게 느낄 수 있다.

"하지만 세상일은 모르는 일이지."

사파란이 냉정한 어조로 말을 이었다.

"인간의 욕심은 끝이 없고, 힘이란 추구하면 할수록 더 큰 힘을 바라게 되는 법이니까. 결국은 나도 모르게 선을 넘어버릴지도? 원래 세상에서 제일 어려운 일 중 하나가 자기 자신을 똑바로 바라보는 거라고도 하잖아."

시한이 눈을 깜빡였다. 아직 십 대 소년인 그에겐 좀 어려운 말이었다.

머리를 굴리다가 겨우 받아칠 말을 하나 찾았다.

"그러고 보니 지구에도 비슷한 말이 있어. 너 자신을 알라~라고."

"진정한 현자는 어느 세상에서건 진리를 입에 담는 법이지."

고개를 끄덕이며 사파란이 진중한 표정을 지었다.

"하지만 괜찮아."

그리고 이내 표정을 풀었다.

"만약 나나 릴스타인이 선을 넘게 된다 해도……."

시한을 바라보며 부드러운 미소를 짓는다. 그 미소엔 분명 신뢰가 담겨 있었다.

"그땐 너희들이 우릴 막아줄 테니까."

순진하지만 정의로운 성시한.

고지식하고 결코 흔들리지 않는 성품의 테오란트.

무슨 일이 있어도 도리는 버리지 못하는 카렌 이나시우스.

비록 약삭빠른 구석은 있어도 절대 자기 사람만큼은 지키는 레비나.

단순하고 멍청하지만, 그래서 더더욱 눈앞의 불의를 참지 못하는 젝센가드.

"너희들이 있으니, 우린 안심하고 힘을 추구할 수 있어."

*　　　　*　　　　*

십여 년 전의 대화를 떠올리며 시한은 문득 한숨을 내쉬었다.

"그래, 그런 이야기도 나눴었지."

그 한숨에는 깊은 회한과 비웃음이 담겨 있었다.

"설마 막아줄 친구들까지 죄다 똑같은 놈들이 될 줄은 몰랐지만……."

*　　　　*　　　　*

계속 출정을 준비하며 성시한은 소식을 기다렸다. 사파란 왕국으로부터 답변이 오기만 하면 켈테론 기사단과 수많은 정병들이 국경을 넘어 진군할 것이다.

그리고 결국 소식이 왔다.

하지만 그 소식은 그가 기대했던 내용이 아니었다.

"저기, 시한 님……."

창백해진 켈테론의 표정을 보며 성시한은 의아해했다. 평소와 달리 켈테론이 지나칠 정도로 굳어 있었다.

"무슨 일이야, 켈테론? 혹시 사파란 왕국이 제안을 거부한 건가?"

"그런 건 아닙니다."

고개를 저으면서 켈테론은 잠시 말을 골랐다. 도대체 이 말을 어떻게 꺼내야 할지 고심하는 표정이었다.

한참 후에야 그는 본론을 입에 담았다.

"전쟁이 끝났습니다."

"뭐?!"

시한은 놀랐다.

"벌써 사파란 왕국이 릴스타인에게 패배해 버렸어? 아무리 그래도 그 정도로 약하진 않을 텐데?"

그러나 이어진 보고는 더욱 경악스러운 것이었다.

"그리고……."

본인도 도저히 믿기지 않는다는 듯, 켈테론이 조심스레 말을 이었다.

"…백색의 사파란이 사망했습니다."

*　　　*　　　*

보름 전, 사파란 왕국 수도 아올라드.

테라노어 서부 최대의 도시인 이곳은 짙은 긴장감이 감돌고 있었다.

거리에 사람은 없고, 대다수의 시민들이 집에 틀어박힌 채 불안에 떠는 중이었다. 성벽 위의 병사들도 잔뜩 굳은 얼굴이었다.

지난 십여 년, 이 도시가 노스 클라니움 대신 아올라드라는 이름을 받은 이래 한 번도 없었던 외부의 침공이 일어난 탓이었다.

하지만 딱히 공포에 질리거나 혼란에 빠진 분위기인 것만도 아니었다.

시민들 대부분은 굳게 믿고 있었다. 그들의 지배자, 위대한 혁명 영웅 사파란 국왕이 건재한 이상 자신들은 안전할 것이라고.

그럼에도 두려움을 채 지우지 못하는 것은 이 도시를 침공한 이 역시 같은 혁명 영웅이란 점 때문이리라.

사람들은 불안해하며 아올라드의 높은 성벽을 바라보았다.

테라노어 최강의 마기언, 적색의 릴스타인과 백색의 사파란이 저 성벽 너머에서 자신의 군세를 이끌고 서로 대치하고 있었다.

　　　　＊　　　　＊　　　　＊

　강력한 소드하이어와 마기언들이 대거 포진한 사파란 왕국 군의 본진, 그 한가운데 화려한 금박을 수놓은 백색 로브 차림의 금발 미남자가 허공에 떠 있었다.

　대지에서 5m 정도 상공에 몸을 띄운 채 사파란은 서쪽 들판을 차분히 바라보았다. 들판 저편에 붉은 용의 깃발을 든 천여 명의 군대가 보였다.

　"흐음."

　비록 수는 적었지만 저 군대의 전과는 결코 무시할 수 있는 것이 아니었다.

　저들이 헬카타 항에 발을 디딘 것은 고작 일주일 전이다. 그 짧은 기간 동안 사파란 왕국의 서부 방어선을 모두 깨부수며 이곳 수도 아올라드까지 진군했다.

　천 명의 병력으론 불가능한 위업이었다. 하지만 저들을 이끄는 이가 누구인지 안다면, 오히려 당연한 일이라고 해야 할 것이다.

　사파란은 그 이름을 중얼거렸다.

　"릴스타인……."

　상아탑 제9층의 마법 중엔 수천의 전력 차조차도 무시할 수 있을 정도로 강력한 것도 많다. 플로어 마스터가 직접 힘을 썼다면 고작 천여 명의 전력으로 이런 전과를 올리는 것도 이상하지 않다. 당장 사파란이 저 자리에 있더라도 저 정도는 했을 테니까.

'현재 우리나라의 전력이 취약하다는 것도 이유일 테고.'

왕국 대부분의 정예 병력은 현재 릴스타인 왕국 북부로 향해 있었다. 서부에 주둔하던 상비군 일부마저 따로 빼 정벌군으로 보냈으니, 당연히 방어선 곳곳에 구멍이 송송 뚫릴 수밖에.

그러니 천밖에 안 되는 릴스타인의 군세가 수도 아올라드 바로 앞까지 도달한 것은, 일견 놀라워 보이지만 충분히 이해할 수 있는 일이었다.

하지만 여기까지다.

릴스타인 왕국군이 위세를 떨칠 수 있는 기간은.

사파란은 주위를 둘러보았다.

1만의 군세가 그를 둘러싸고 있었다. 하나같이 날선 칼처럼 철저히 단련된 사파란 왕국 최고의 정예병들이었다.

저들을 왕국 최강의 기사단, 백호기사단 70기가 이끈다. 각지에서 자원한 강력한 소드하이어의 수도 300이 넘어간다.

마법 병단에 소속된 전투 마기언의 숫자도 500에 가깝다. 백색 상아탑에 총동원령을 내려 징집한 이들이었다. 평소 좋은 관계를 유지하고 있던 별의 성지에서도 200이나 되는 프린과 프레이어를 보내주었다.

릴스타인 왕국 측의 열 배가 넘는, 압도적인 대군이었다.

릴스타인 왕국 북부를 압박하면서도 사파란 왕국 측에 이 정도의 전력이 남은 이유는, 바로 테오란트와 젝센가드의 부재 덕분이었다.

저 전력의 70% 정도는 원래 테오란트 왕국과 젝센가드 왕국을 견제하던 병력인 것이다. 아무리 사파란이 젝센가드와 친하다지만, 일국의 왕으로서 마냥 상대를 신뢰해 국경조차 지키지 않았던 것은 아니니까.

하지만 테오란트 왕국도, 이젠 이름을 바꾼 라텐베르크 왕국도 감히 타국을 도모할 여력 따윈 없다. 양쪽 다 제 앞가림하기도 벅찬 상황이다.

이렇게 잠시간 병력을 빼오는 것 정도는 아무 문제가 없는 것이다.

'혹시 이걸 예상하지 못했다면 실수한 거다, 릴스타인.'

사파란은 살짝 웃었다. 그리고 이내 표정을 굳혔다.

'그런데 아무리 낙관적으로 봐도, 그 녀석이 이걸 예상하지 못했을 리는 없단 말이지?'

릴스타인은 플로어 마스터이면서 동시에 혁명군의 리더로 수많은 전투를 지휘한 지휘관이기도 하다. 상아탑의 마학자들처럼 세상 물정 모르는 샌님이 아니란 소리다.

'그런 릴스타인이 저런 단순한 정황조차 못 읽었을 리가 있나?'

모든 면에서 현 상황은 사파란이 압도적으로 유리했다.

전력도 몇 배나 앞서고, 릴스타인의 마법도 사파란 자신이 저지할 수 있으며, 일국의 수도인 만큼 준비된 마법적 방어 결계도 충분하다.

왕도를 전장으로 만들 순 없으니 일단 도시 밖으로 나오긴 했지만 상황이 불리해지면 얼마든지 성벽을 토대로 농성 상태로 들어갈 수 있다.

누가 봐도 릴스타인에게 승산은 전혀 없었다.

그리고 분명히 릴스타인도 이 사실을 모를 리가 없었다.

"그런데도 저 겁 많은 녀석이 이런 무모한 짓을 저질렀다는 건……."

문득 사파란의 입가에 흥미로워하는 미소가 스쳐 지나갔다.

"사실은 이게 전혀 무모한 짓이 아니라는 거겠지."

릴스타인과 나눈 마지막 전언이 떠오른다.

―이게 무슨 헛짓거리냐, 릴스타인?

―왕위를 포기하고 무조건 항복하라, 사파란. 그럼 목숨을 빼앗지는 않겠다.

그 자신만만한 태도는 분명 릴스타인에게 비장의 한 수가 있음을 의미한다.

그렇다면 과연 이 압도적인 상황을 역전시킬 수 있는 비장의 한 수가 대체 뭘까?

"역시 녀석이 준비한 초인급 소드하이어가 그 다섯 명이 전부가 아니었다는 거겠지?"

2차 카곤 전쟁에서 선보인 릴스타인 측의 초인급 소드하이어, 그들의 정보는 이미 사파란도 입수한 후였다.

그들의 정체도 파악하는 것은 그리 어렵지 않았다.

"릴스타인 녀석, 그렇게 지구에 목을 매더니 결국 해냈구만."

비릿한 웃음을 지으며 사파란은 저 멀리, 오랜 친우가 끌고 온 군대를 노려보았다.

궁금하다. 과연 저들 중 지구인이 몇이나 될까?

다섯 명? 열 명? 어쩌면 그 이상?

"뭐, 몇 명이건 간에 내게 선택지는 없지만."

여기서 사파란이 꼬리를 말고 도망칠 순 없다. 그는 일국의 국왕이고, 수많은 백성들의 위에 선 자다. 그에 걸맞은 힘을 보여주지 않으면 백성들은 그를 왕으로 믿고 따르지 않는다.

그리고 굳이 도망칠 필요도 없었다.

"마음대로 되진 않을 거다, 릴스타인."

선명한 녹안을 번뜩이며 사파란은 머리를 쓸어내렸다. 황금의 물결이 겨울바람 사이로 살기와 함께 올올히 흘렀다.

"시간은 모두에게 동등하지."

자신만만한 목소리가 붉은 입술 사이로 새어나왔다.

"십 년 동안 비장의 한 수를 준비한 건 네 녀석뿐만이 아니야."

*　　　*　　　*

들판 너머를 응시하며 붉은 로브 차림의 흑발 사내, 릴스타인은 중얼거렸다.

"사파란의 마력이 느껴지는군."

그의 금빛 눈동자에 오랜 친우의 모습은 비치지 않았다. 하지만 마기언의 예리한 감각엔 친우의 타오르는 듯한 마력이 여실히 전해지고 있었다.

"강해졌어."

그 마력은 십여 년 전과 비교해 조금도 쇠퇴하지 않았다. 여전히 강렬하게, 모든 것을 불사를 지저의 용암처럼 끝 모를 힘을 과시한다.

하지만 릴스타인은 그를 비웃었다.

"딱 예상했던 것만큼."

설사 사파란이 예상보다 훨씬 강해졌다 해도, 숨긴 한 수가 있다 해도 상관은 없었다.

자신은 이미 절대적인 힘을 손에 넣었다.

'이제 끝을 보자, 사파란.'

문득 릴스타인의 눈에 희미한 감정의 빛이 떠올랐다.

사파란과의 추억이 떠오른 탓이었다.

십 년 전의 릴스타인과 사파란은 소중한 친구이자 훌륭한 라이벌이었다. 추구하는 것이 같고, 성격이 서로 차이가 나 자주 말다툼을 벌였지만 그럼에도 둘 사이에는 틀림없이 우정이 존재했다.

과거의 릴스타인에게 있어, 사파란은 분명 부모 형제와도 바꿀 수 없는 소중한 존재였다.

'하지만 난 원래 부모도 형제도 없었지.'

정확히 말하면 12살까지 있기는 했던 것 같지만, 푼돈 받고 자신을 팔아넘긴 시점에서 혈연 따윈 지워 버린 지 오래였다.

모두 옛날 일일 뿐이다.

이제는 빛바랜 양피지 속에만 남아 있는 과거의 이야기.

"시간은 모든 것을 바꾸는 폭군인 법."

웃음기를 지우고 릴스타인이 다시 차가운 얼굴로 돌아갔다.

그가 오른손을 들었다.

"그럼 시작해 볼까, 친구?"

*   *   *

강력한 개인의 무력을 지닌 소드하이어들은 대체로 이런 식으로 병사들을 지휘한다.

'나를 따르라! 내가 길을 열겠다!'

상황에 따라 예외는 있겠지만, 보통은 저 방식이 아군의 사기를 높이고 적군을 분쇄하는 데 가장 유리하다.

반면 마기언의 경우엔 정반대였다.

'나가 싸워라! 그대들 뒤엔 내가 있다!'

강력한 마기언은 군대의 뒤에서 전황 전체를 조율할 때 가장 효과가 극대화되는 것이다.

등 뒤가 든든하다는 것, 언제든지 물러날 수 있다는 사실은 전장에선 상상 이상으로 병사들의 사기를 고취시켜 주는 법이다.

릴스타인의 명령이 떨어지자 지휘관인 하이어 에트윅이 검을 높이 쳐들었다.

아지랑이 같은 투기검을 빼 들고 우렁찬 외침을 터뜨린다.

"전군 진격!"

전마에 몸을 실은 80기(騎)의 붉은 기사, 크림슨 나이츠를 선두로 천여 명의 병사가 기세등등하게 진군하기 시작했다. 본진의 릴스타인을 지키는 20명의 크림슨 나이츠와 100여 명의 병사를 제외한 총 전력이었다.

사파란 왕국군의 수는 거의 1만, 10 대 1의 암울한 전력 차이지만 병사들은 두려워하지 않았다.

"으아아아!"

"가자아아!"

"폐하께서 우리를 지켜보고 계신다!"

헬카타 항에 상륙한 이래, 릴스타인의 강력한 마법으로 연이은 승리를 맛본 병사들이었다.

그들의 표정에 두려움은 없었다. 자신들의 국왕에 대한 깊은 신뢰만이 담겨 있었다.

물론 두려움 없기는 사파란 왕국군 측도 마찬가지였다.

왜 두려워하겠는가? 모든 면에서 그들이 유리한데!

"아군의 병력은 압도적이다! 승리는 약속되어 있다!"

사파란 왕국군 총지휘관 하이어 브렌탈이 검을 뽑았다. 찬란한 녹색 섬광이 칼날을 타고 올라 빛을 발했다.

초인급 소드하이어의 증명인 투기강이었다. 이미 지휘관의 수준부터가 차이 나는 것이다.

말을 박차고 나가며 브렌탈이 고함을 내질렀다.

"백호기사단, 출격!"

70기의 백호기사단이 말을 타고 전장으로 달려갔다. 2,000의 군세가 그들을 뒤따랐다. 지축이 흔들리며 흙먼지가 피어올랐다.

"와아아아아!"

함성을 지르며 나아가는 자신의 군대를 바라보며 사파란은 오른손을 들었다.

일군을 지휘하는 마기언으로서의 의무를 행할 때였다.

"델 트로이 라펜탈 스플라트 케텔라드……."

낭랑한 목소리로 룬 어를 읊는다. 오른손에 쥔 화려한 백색 지팡이를 통해 강대한 마력이 뿜어져 나온다.

"일어 오르라, 폭풍이여. 뒤덮어라, 뇌전이여……."

전장의 하늘이 휘몰아치며 빛의 장막을 펼친다. 장막이 너울져 흔들리며 무수한 광구를 형성한다. 하나하나가 강렬한 파괴의 힘을 담은 빛의 구슬들이다.

지팡이를 휘두르며 사파란이 날카로운 외침을 터뜨렸다.

"빛 속에서 춤춰라, 아콘 비트 미티어!"

수많은 광구가 공중에서 수직으로 낙하했다. 파괴의 유성우가 릴스타인 왕국군의 머리 위로 잔혹하게 내려쳐지기 시작했다.

그 광경을 지켜보며 릴스타인은 빙그레 웃었다.

"역시 그런 식으로 나오나? 버릇은 어쩔 수 없는 모양이군, 사파란."

이미 예상했던 바였다.

미리 대비하고도 있었다.

양팔을 올리며 릴스타인도 마법을 발동했다.

"미스트 오브 아케인, 아콘 블리자드, 아스트레이 배리어!"

마력의 안개가 피어올라 진군하는 릴스타인 왕국군을 호위하듯 감싼다. 안개 사이로 빛의 소용돌이가 용솟음치고, 반투명한 장막이 대지와 하늘 사이를 칸막이처럼 나눠버린다.

빛의 유성우가 벌집 같은 빛의 장막과 충돌해 무수한 폭발을 일으켰다.

콰콰콰콰쾅!

강력한 한 방에 맞서 차분한 연계 마법으로 받아친 것이다.

덕분에 사파란의 마법은 무위로 돌아갔다. 양군 모두 별 피해 없이 끝나 버렸다.

지팡이를 내리며 사파란은 혀를 찼다.

"일단은 동점인가? 한 수씩 서로 물린 셈이군."

이대로 끝은 아니다. 사파란에겐 아직 강력한 마법이 얼마든지 남아 있었다.

그러나 그 점은 릴스타인 역시 마찬가지지.

두 플로어 마스터가 다시 지팡이를 들었다.

세상의 마력을 조율해 위대한 의지로 복종시킨다. 자신의 본진에 위치해, 자신의 군세를 위해 힘을 떨친다.

거대한 권능이 전장을 뒤덮었다.

보이지 않는 마력이 휘몰아치고, 서로 충돌하고 상쇄되며, 또는 어긋나 지축을 뒤흔든다. 무수한 전격과 불꽃이 대지와 하늘을 타고 흐른다.

그 속에서 양쪽의 군세가 격돌했다.

뇌성과 폭발음 사이로 요란한 금속음이 울렸다. 비명과 함성
이 어우러져 들판을 피로 적시기 시작했다.

＊　　　　＊　　　　＊

전장에서 맞붙은 1,000의 릴스타인 왕국군과 2,000의 사파
란 왕국군.

두 배의 전력 차이에도 불구하고 의외로 릴스타인 왕국군은
선전하고 있었다. 그들의 뒤를 봐주는 릴스타인의 마법 덕분이
었다.

"일어서라, 대지의 아들이여. 암석의 육신에 깃든 생명을 눈
떠라."

그의 언령에 따라 수백의 고렘이 땅에서 솟아나 전장을 걷는
다.

"울부짖어라, 바람이여. 타고 흘러 뇌전의 포효를 터뜨릴지
니."

그의 마력 아래 수백의 정령수(精靈獸)들이 소환되어 허공을
날아 적을 친다.

바위로 이루어진 고렘, 마력으로 이루어진 정령수들은 물리

적 공격으론 도저히 상대할 수가 없다. 마법이나 신성력, 혹은 강력한 투기의 힘만이 저들을 상대할 수 있으니 일반 병사들에 겐 실로 악몽 같은 존재들이다.

고렘과 정령 군대의 합공으로 인해 릴스타인 왕국군은 모자란 병력을 메우며 사파란 왕국군과 팽팽한 대치를 이루고 있었다.

하지만 그렇다고 사파란 왕국군이 딱히 불리한 것도 아니었다.

그들 뒤에는 테라노어 최강의 파괴력을 자랑하는 백색의 사파란이 존재하는 것이다.

"나는 빛의 지배자, 섬멸의 광휘 아래 멸망의 터를 다진다……."

지팡이를 휘두르며 사파란은 연신 광범위한 파괴 마법을 쏘아냈다. 섬광과 뇌전, 불꽃과 냉기가 드넓은 전장을 두들기며 고렘과 정령체들을 소멸시켜 갔다.

마력의 안개에 보호받는 릴스타인 왕국군과 달리 고렘이나 정령들은 릴스타인의 보호를 받지 못했다. 두 종류의 마력이 충돌하며 소환 마법이 깨져 버리니까.

무방비인 릴스타인의 소환체들을 박살 내며 사파란은 싱긋 웃었다.

"차라리 저런 것들이 상대하기 편하지."

그렇게 두 마기언은 계속 마법을 운용하며 전장을 조율해 갔다.

공격에 강한 사파란과 방어 및 보조에 강한 릴스타인, 두 플로어 마스터의 기량은 크게 차이가 나지 않는다. 그러다 보니 서로의 마법 대부분이 도중에 상쇄되어 실제로 전황에 영향을 끼치는 부분은 크지 않았다.

당장은 팽팽해 보여도 결국 밀리는 건 릴스타인 왕국군 측일 수밖에 없었다. 그리고 설사 이대로 양군이 공멸한다 해도 사파란이 딱히 문제 되는 건 아니었다.

사파란에겐 아직도 8,000의 군대가 남아 있었다. 출전하지 않은 소드하이어는 물론 프린과 프레이어의 수도 상당하다.

반면 릴스타인은 저 군대가 전부다. 저들이 전멸하면 그에게 남은 건 본진의 붉은 갑주 기사단 20명과 100명의 초라한 병사뿐.

전장 저편을 노려보며 사파란이 속으로 중얼거렸다.

'슬슬 숨겨둔 칼을 꺼내 들 때가 되지 않았나?'

아니나 다를까, 릴스타인의 본진에서 적색 갑주를 걸친 여섯 명의 기사가 모습을 드러냈다.

이미 전장에 나선 다른 크림슨 나이츠들과 달리 그들은 말을 타지 않았다. 두 발을 놀리며 초인적인 신체 능력으로 단숨에 전장을 질주한다.

"크아아아!"

짐승 같은 괴성을 터뜨리며 그들이 검을 뽑았다.

찬란한 붉은 투기강이 사방을 밝혔다. 그 가공할 존재감은 이내 전장 전역에 알려졌다.

"뭐, 뭐야?"

"투기강?"

"초인급 소드하이어다!"

"말도 안 돼! 초인급 소드하이어가 여섯이라고?"

동요한 사파란 왕국군의 대열이 일순 흐트러졌다. 하지만 사파란은 동요하지 않았다.

"과연, 저놈들이 '말 못 타는 놈들'이라 이거지?"

기마에 능숙한 다른 크림슨 나이츠와 확연히 다른 모습을 보이는 적색 기사들.

"이봐, 릴스타인. 너무 속 보이잖아?"

그들을 향해 사파란이 싸늘한 목소리를 흘렸다.

"꿍쳐 놓은 지구인이 여섯밖에 안 될 리가 없을 텐데?"

"크아아아!"

괴성을 지르며 6인의 적색 기사는 전장으로 몸을 날렸다. 붉고 푸른, 또는 백색으로 빛나는 다양한 색상의 투기강이 사파란 왕국군을 유린해 갔다.

순식간에 대열 일부가 무너지며 비명이 터져 나왔다.

"크억!"

"으아악!"

백호기사단이 재빨리 그들 앞을 가로막았지만 별 효과는 없었다.

저 선명한 파괴의 빛 앞에 무형의 투기검 따윈 수수깡이나 마찬가지였다. 참격이 대기를 찢을 때마다 말과 기사가 동시에 두 동강 나 피를 뿌려댔다.

"크윽! 다들 물러나라! 저놈들은 내가 맡겠다!"

사파란 왕국군의 총지휘관, 초인급 소드하이어 브렌탈이 자색(紫色)의 투기강을 펼치며 적색 기사들 앞으로 뛰어들었다.

적색 기사들의 기세가 잠시 주춤했다. 그 틈에 백색 상아탑의 마기언들이 허겁지겁 원호 마법을 준비했다.

"이그나이트 프레임!"

"파이어 스트라이크!"

"라이트닝 볼트!

수십 줄기의 화염과 뇌전이 허공으로 날아올랐다. 초인급 소드하이어쯤 되면 얼마든지 피하거나 막을 수 있는 수준의 마법이지만 이런 혼탁한 전장에선 움직임을 제어하는 정도로도 충분히 효과가 있었다.

그러나 적색 기사들은 굳이 마법을 피하려 하지 않았다.

머리 위로 뭐가 날아오건 전혀 신경 쓰지 않고 눈앞의 브렌탈을 상대하는 데만 열중한다.

이내 모든 마법이 6인의 적색 기사들을 직격했다. 당연히 폭발과 함께 전광과 굉음이 터져 나와야겠지만…….

"……."

조용했다. 어떤 소음도 들리지 않았다.

마기언들의 안색이 창백해졌다.

"마, 맙소사?!"

"어떻게?"

투기로 막거나 한 것이 아니었다. 그냥 저절로 무시되어 버렸다.

마치 루스클란의 마물처럼, 저들에겐 마법이 전혀 통하지 않는 것이다.

"당연히 통하지 않겠지."

그 광경을 지켜보던 사파란이 고개를 끄덕이며 지팡이를 들어 올렸다.

"폐하께서 직접 마법을?"

기감으로 전조를 알아챈 브렌탈이 재빨리 적색 기사들과 거리를 벌렸다. 무자비한 뇌격이 허공에서 생성되어 6인의 적색 기사를 내리쳤다.

콰콰콰쾅!

이번에는 제대로 폭발과 뇌성이 울렸다. 일부러 적색 기사가 아닌 저들 발치의 대지를 노린 것이었다.

잠시 후 폭연 속에서 사람 그림자가 나타났다.

적색 기사들의 모습은 멀쩡했다. 갑주 곳곳에 그을음이 좀 묻긴 했지만 거의 타격을 입지 않았다.

사파란이 나직하게 중얼거렸다.

"폭발에 휘말리긴 해도, 전격의 영향을 받지 않는 것은 그대로군."

그 광경에 백호기사단이며 마기언들은 절망에 빠졌다.

"이럴 수가?"

"폐하의 마법마저 소용없단 말인가?"

적색 기사들이 재차 투기를 끌어냈다. 빛의 투기를 전신 갑주에 두르며 전장 가득 살기 어린 짐승의 외침을 터뜨린다.

"카오오오!"

"크아아아!"

사파란은 웃었다.

"훗."

미소와 함께 지팡이를 바닥에 꽂는다. 그리고 양손을 어깨 위로 들어 올린다. 마력의 폭풍이 일어나 허공에 응집하며 거대한 원통형의 구현체로 화한다.

동시에 사파란의 등 뒤에서 두 개의 쇳덩어리가 떠올랐다.

염동 마법에 의해 떠오른 쇳덩어리들이 이내 원통형 구현체에 '장전'되었다.

두 자루 마력의 대롱이 불을 뿜었다.

콰아아앙!

동시에 적색 기사 둘의 신체가 흔적도 없이 박살 나버렸다!

"어?"

놀라며 릴스타인은 눈을 크게 떴다.

초인급 소드하이어 2명이 단 일격에 시체조차 남기지 못하고 죽었다. 저 무식하리만치 강력한 마법을 그는 이미 알고 있었다.

"…사파란 캐논?"

*　　　*　　　*

마법의 대롱이 다시 불을 뿜었다. 굉음과 함께 또 한 명의 적색 기사가 육편이 되어 흩날렸다.

내세운 육인의 적색 기사 중 절반을 순식간에 잃었다. 릴스타인은 미간을 찌푸렸다.

'뭐지? 어떻게 저 수법으로?'

사파란이 저 마법을 꺼내 들 거란 건 알고 있었다. 테라노어의 마법이 통하지 않는 상대에게 가장 유의미한 수단을 쓰지 않을 이유가 없을 테니까.

그럼에도 이제까지는 별 신경을 쓰지 않았다. 릴스타인이 아는 사파란 캐논은 그다지 정밀한 공격이 가능한 수법이 아니었던 것이다.

백여 미터만 떨어져도 오차가 수 미터 단위로 생기곤 했다. 거대 마물이야 어떻게든 맞힐 수 있겠지만, 인간 크기의 작은 과녁은 절대 무리였다. 쏘고 나서는 그저 운에 맡길 수밖에 없었다.

위력 역시 직격만 피한다면 여파쯤은 초인급 소드하이어의 방어 투기로 충분히 버틸 수 있는 수준이었다.

그런데 지금 선보인 사파란 캐논은 전혀 달랐다.

저 먼 거리에서 고작 인간만 한 과녁을 너무도 정확히 적중시킨다!

"저거 저렇게까지 정밀도가 높진 않았는데?"

마치 릴스타인의 말을 듣기라도 한 듯 사파란이 혼잣말을 뇌까렸다.

"나도 십 년 동안 놀고만 있진 않았다니까?"

사파란 캐논이란 마법 자체가 달라진 것은 아니었다.

이미 십 년 전에 완성된 마법이었다. 마법 쪽은 더 이상 개발할 부분이 없었다.

재차 두 개의 쇳덩어리를 마력의 대롱에 장전하며 그는 비릿하게 웃었다.

"대신 전용탄을 개발했지."

과거의 사파란 캐논은 주위의 아무 사물이나 가져다 질량탄으로 썼다. 바위나 목재 등을 마력의 구슬로 포장해 폭압이 새어 나가지 않도록 마법적으로 가공한 뒤, 그대로 쏘아내는 방식이었다.

반면 이 전용탄은 달랐다.

구슬도 아니고 화살도 아니다. 화살의 길이는 줄이고 두께는 부풀린 듯한 형태. 테라노어인에겐 극히 생소하겠지만, 만약 성시한이 보았다면 이리 말했을 것이다.

'꼭 로켓같이 생겼잖아?'

지난 십 년간, 사파란이 수많은 실험을 통해 찾아낸 결과물이었다.

사파란은 지구와 차원 연구에 광적으로 매달리던 릴스타인을 잘 알고 있었다. 그의 능력을 볼 때 분명히 뭔가 성과를 내긴 낼 거라 여겼다.

단지 사파란이 짐작한 건 릴스타인이 광제처럼 이계의 마물을 소환, 지배하는 방법을 찾아내는 쪽이었지만······.

"설마 지구인을 소환할 줄은 나도 예상 못 했지."

어쨌거나 이계 마물을 릴스타인이 부리게 된다면 사파란으로서도 대응책이 필요하다. 테라노어의 마법이 통하지 않는 존재조차도 충분히 처리할 수 있는 확실한 대응책이.

그래서 자신이 가장 자신 있어 하는 수법, 사파란 캐논의 효율을 높이기 위해 다양한 방법을 연구했다.

그 결과물이 지구의 로켓 형태와 비슷한 것은 필연이었다. 물리법칙이 동일하면 당연히 결과도 동일한 것이다. 단지 화살에서 출발해 이 형태를 찾아낸 것이 다를 뿐이다.

물론 이를 지구 측 포탄과 감히 비교할 순 없다.

오랜 기간 시행착오를 거치며 탄생한 현대 지구의 포탄과 달리 사파란은 오직 경험과 실험만으로 저 형태를 이끌어냈다. 겉으론 비슷하게 보여도 실제 정밀도는 극히 떨어진다.

그렇다 해도…….

콰쾅!

굉음과 함께 또 한 명의 적색 기사가 박살 났다. 그냥 주변의 바위를 들어다 쏘던 예전과는 비교도 안 되는 정밀도였다.

심지어 새로운 사파란 캐논의 포열 내부엔 강선마저 구현되어 있었다.

당시 성시한은 군대도 안 다녀온 십 대 소년이었지만, 적어도 현대 총화기의 총열에 강선이 새겨져 있다는 상식 정도는 알고 있었다. 그래서 그 개념을 친구들에게 전하기도 했다.

그렇다고 제대로 알고 있었다는 건 아니었지만.

'뭐? 강선을 새기면 탄환이 회전을 해서 파괴력이 커져? 시한

그 녀석은 어떻게 자기 세계의 지식도 제대로 이해하지 못하고 있는 거지?'

막상 실험해 보니 어디까지나 사거리와 정밀도를 높이려는 것이 목적이지, 파괴력이랑은 아무 상관 없더만.

쾅! 콰쾅!

사파란 캐논이 연달아 폭음을 토했다. 남은 두 적색 기사가 허겁지겁 몸을 날렸다.

이번엔 용케 폭격을 피해냈다. 대신 지면 위에 커다란 구덩이가 두 개 생겨났다.

"크아아아!"

투기강을 끌어내며 두 적색 기사들이 사파란을 향해 맹렬히 돌진해 갔다. 하지만 그 돌진은 이내 막혔다.

"어림없다!"

"감히 폐하께 접근하게 놔둘 것 같으냐!"

수십 기의 백호기사단이 그들을 가로막는다. 그 탓에 시간이 지연되고, 사파란 캐논이 느긋하게 재장전을 마친다.

콰쾅!

굉음과 함께 남은 적색 기사들마저 사라져 버렸다.

"쓸 만하군. 그동안 고생한 보람이 있잖아?"

흐뭇한 웃음을 지으며 사파란은 지팡이를 쥐었다. 이제 이걸로 릴스타인은 6인의 초인급 소드하이어를 모두 잃었다.

"전군, 진격하라!"

사파란 왕국군의 본대에서 5,000의 군세가 순차적으로 투입되었다. 양익으로 나누어 좌측이 천 명의 릴스타인 왕국군을, 우측이 릴스타인의 본진을 공격하기 시작했다.

선두에 선 두 백호 기사가 흥분한 고함을 터뜨렸다.

"가자, 왕국의 용사들이여!"

"폐하께서 우리를 굽어 살피고 계신다!"

＊　　＊　　＊

릴스타인은 무표정한 얼굴로 전장을 지켜보았다.

명색이 초인급 소드하이어인데 너무 쉽게 죽었다. 초인급의 방어 투기라면 7, 8층 마법의 직격이라도 어느 정도 버틸 수 있는데도.

'…그렇다면 9층 수준의 위력이라는 건가?'

예전의 사파란 캐논이 아니었다. 사거리와 정밀도가 높아진다는 것은, 동시에 관통력도 높아진다는 의미인 것이다.

저 정도의 위력이라면 4대 상아탑의 최고위 마법과 비교해도 결코 뒤떨어지지 않는다.

"제법이군, 사파란."

사실 아무리 9층 마법이라도 초인급 소드하이어를 상대로 저런 결과가 나오긴 쉽지 않다.

과거 루스클란 육호장이나 혁명 7영웅쯤 되면 최고위 마법으로도 일격에 즉사시키긴 힘들었다. 기감으로 마법을 미리 파악해 피하거나 흘려버릴 수 있었으니까.

하지만 릴스타인의 초인급 소드하이어들은 기량이 불균형적이다. 투기강을 휘두르고 방어 투기를 두를 순 있지만 기감을 통해 상대의 공격을 파악할 순 없다.

정확히 말하면 기감으로 파악은 할 수 있는데, 그걸 해석해 적용할 능력이 없는 것이다.

죄다 이성이 마비된 인형들이니까!

"이래서야 한 방에 죽는 것도 어쩔 수 없겠지. 추후에 이 부분도 개선해야겠군."

그러는 동안에도 전황은 릴스타인에게 불리하게 기울고 있었다.

전열의 릴스타인 왕국군은 사파란 왕국군의 좌익에 의해 붕괴되어 가는 중이었다. 사파란 왕국군의 우익은 매서운 기세로 릴스타인의 본진을 향해 달려오고 있었다.

그 수천의 군세 앞에 본진의 병력은 고작해야 14명의 크림슨 나이츠와 100여 명의 일반병, 그리고 수십의 마법 병단뿐.

"으, 으어어……."

"왕이시여……."

병사들은 물론이고 부관과 마기언들마저 공포에 질려 릴스타인을 돌아보았다.

그들의 왕은 태연했다.

"확실히 놀지는 않은 것 같지만……."

이 사태가 예상 밖인 것은 사실이지만, 그렇다고 대책조차 없을 정도는 아니었다.

"십 년 동안 준비한 게 고작 이거라면 실망인데?"

릴스타인이 오른손을 들었다. 사념파가 발동했다.

[가라.]

가만히 서 있던 14명의 크림슨 나이츠, 그중 10인이 앞으로 나섰다. 전원 두꺼운 갑주를 몸에 두른 채 괴성을 터뜨리며 일제히 몸을 날린다.

"크아아아!"

열 줄기의 투기강이 모습을 드러냈다.

질주하던 사파란 왕국군의 우익, 그 선두에 선 백호 기사 하이어 넨델이 기겁해 눈을 크게 떴다.

"말도 안 돼! 또 초인급 소드하이어라고?"

그것도 이번엔 자그마치 10명이나 된다!

*　　　*　　　*

10인의 적색 기사가 사파란 왕국군을 향해 몸을 던졌다.

초인급의 무지막지한 투기를 바탕으로, 뚫을 수 없는 갑주를 전신에 두르고 막을 수 없는 칼날을 휘둘러댄다. 질풍처럼 수천의 군대를 관통하며 끔찍한 혈풍을 일으킨다.

그 위력은 실로 가공했다.

순식간에 열 줄기 핏빛 궤적이 전장의 대지를 수놓았다.

그들을 향해 사파란 캐논이 불을 뿜었다.

콰콰쾅!

그러나 이번엔 효과가 없었다. 포격이 적색 기사들을 맞히지 못하고 전장의 빈자리에 작렬해 폭음을 일궜다.

릴스타인은 빙그레 웃었다. 사파란 캐논의 대처법은 의외로 간단했다.

[전원 한곳에 머물지 말고 쉴 새 없이 움직여라.]

이 단순한 명령만으로도 적색 기사들은 폭격의 위협에서 벗어날 수 있었다.

'사파란 캐논의 정밀도는 분명히 올라갔지만, 그걸 쏘는 사파란의 사격 솜씨가 더 좋아지진 않았잖아?'

아무리 잘 만든 활이라도 그걸로 날아가는 새를 맞힐 순 없다. 나뭇가지에 앉아 있는 순간을 노린다면 모를까.

물론 진짜 명궁이라면 날아가는 새조차도 맞힐 수 있겠지만……

'사파란이 그 정도로 명사수는 아니지.'

끝없이 움직이고 또 움직이며 적색 기사들은 사파란 왕국군을 유린해 갔다. 사파란 캐논이 틈틈이 불을 뿜었지만 더 이상 그들을 명중시키진 못했다.

작정하고 사파란 캐논을 연사해서 화망을 형성한다면 아주 못 맞히지도 않을 것이다. 하지만 지금 저 적색 기사들은 아군과 뒤섞여 전투를 벌이고 있었다.

잘못 쐈다간 적과 아군을 동시에 날려 버릴 수도 있는 것이다.

아군의 희생을 감수하자니, 재수 없으면 적색 기사는 못 맞히고 아군만 박살 낼 가능성이 너무 크다. 국왕으로서의 신뢰도와 수하의 충성에 심각한 문제가 생길 테니 쉽게 감당할 수 있는 리스크는 아니다.

순식간에 상황이 역전되었다.

"자, 사파란."

느긋한 어조로 릴스타인은 전장 너머에 질문을 던졌다.

"아직도 뭔가 준비해 둔 게 있나?"

*   *   *

사파란은 고개를 끄덕였다.

"그럼 그렇지."

당연히 초인급 소드하이어가 더 있을 줄 알았다. 전력 차이가 이 정도로 심각한데, 릴스타인이 초인급 여섯 명만으로 승산이 있다고 생각했을 리가 없다.

'보나마나 저놈들도 똑같을 테고.'

사파란은 릴스타인의 본진 쪽으로 시선을 주었다. 아직 릴스타인의 곁에 4인의 적색 기사가 더 있었다.

분명 저들도 마찬가지로 초인급 소드하이어이자 '지구인'일 것이다.

'카곤 시티에서 잃은 숫자까지 포함하면, 거의 서른 명 가까운 인원을 소환한 셈인가?'

광제 루스타나드가 성시한을 소환하기 위해 들였던 공을 생각하면 믿기 힘든 일이었다.

'도대체 무슨 수를 쓴 거지? 아무리 루스클란의 심장을 긁어모아도 스무 명을 넘긴 힘들 거라 생각했는데.'

과연 릴스타인은 무모하지 않았다. 이런 짓을 저지를 충분한 이유가 있었다.

열 명이나 되는 초인급이 투입된 결과는 참혹했다.

왕국 최강의 백호기사단도, 수천의 병력도, 백색 상아탑의 최정예 전투 마기언도 저 압도적인 폭력 앞에선 저항이 불가능했다. 초인급 소드하이어인 브렌탈이라도 3인의 적색 기사를 상대하는 것이 고작이었다. 다른 7인은 그의 손을 벗어나 있었다.

사파란 캐논 역시 별 쓸모가 없었다.

적색 기사들은 철저히 사파란 왕국군과 근접해 날뛰었고, 절대 한자리에 계속 머무르지 않았다. 마력의 대포를 날리려 해도 도무지 기회가 오지 않았다.

짐승의 포효가 쉴 새 없이 전장을 뒤흔들었고…….

"크아아아!"

인간의 비명이 쉴 새 없이 울려 퍼졌다.

"아아악!"

"사람 살려!"

"어머니!"

죽어가는 병사들의 수가 기하급수적으로 늘어갔다. 이대로라면 사파란 왕국의 패배는 기정사실이었다.

지난 십 년간 사파란이 놀고 있기만 했었다면 말이지.

"역시 사람은 놀면 안 돼."

사파란은 지팡이를 들어 올렸다. 백색의 영기가 허공으로 치솟았다.

"놀다보면 금방 뒤떨어지는 법이라니까?"

여덟 줄기의 섬광이 전장의 대지를 내리친다. 팔방(八方)을 정확히 점유하며 전장 전체를 포위하듯 빛의 기둥을 세운다.

백색 광주(光柱) 속에서 기이한 형체가 솟구쳤다.

유기체로 이루어진 길이 5미터의 흉측한 살덩어리였다. 여덟 개의 살덩어리가 빛 속에서 촉수를 꿈틀대며 마력의 파동을 사방으로 퍼뜨리기 시작했다.

우우우우웅!

대기가 떨리며 굉음을 발했다. 동시에 날뛰던 적색 기사들의 움직임이 멎었다.

"큭!"

"크어억!"

갑자기 움직임이 극히 둔화되며 투기의 기세조차 억제되어 버린다. 찬란하던 투기강의 빛이 급속도로 옅어지더니 아지랑이 같은 투기검으로 변한다.

그 광경을 지켜본 릴스타인의 안색이 창백해졌다.

"저, 저건?!"

마법 자체는 익숙한 것이었다. 하지만 그럼에도 그는 상황을 이해할 수가 없었다.

"…고룡잡이 덫?"

10인의 초인급 소드하이어, 지구에서 소환된 이계의 존재들이 사파란의 결계 마법에 의해 억눌리고 있다!

처음으로 릴스타인의 평정이 깨졌다.

"어떻게? 사파란 저놈이 뭘 한 거야?"

릴스타인의 적색 기사들, 그들의 정체는 지구인이다.

이계의 존재답게 테라노어의 모든 마법에 절대 면역인 존재들.

그런 이들에게 틀림없이 테라노어인일 사파란의 마법이 통하고 있다.

혼란스러워하며 릴스타인은 중얼거렸다.

"대체 무슨 수로?"

설마 자신의 연구가 사파란에게 흘러들어간 걸까?

그럴 리는 없다. 기밀 유지에 있어 가장 철두철미하게 신경 쓴 상대가 사파란이었다.

'차라리 다른 나라라면 모를까, 사파란 쪽에 정보가 노출되었다면 내가 모를 리가 있나?'

릴스타인은 정신을 집중하며 사방의 결계, 그 속의 마력 패턴을 읽었다. 두통이 올 정도로 정신을 집중하고 나서야 겨우 사파란의 수법을 파악할 수 있었다.

그리고 진심으로 감탄했다.

"이런 식으로도 비슷한 효과를 내는 게 가능했었군."

사파란은 릴스타인처럼 루스클란 황족의 심장 가루를 이용하지 않았다. 대신 이계로 돌아가지 못하고 테라노어에서 죽은 마물의 시체를 사용했다.

'적룡의 망토와 같은 방식인가.'

적룡의 망토는 과거에 소환된 이계 마물의 시체를 테라노어에 고정시켜 만들어낸 기물이다. 그 수법을 훨씬 발전시켜, 마물의 시체를 촉매로 삼아 이계의 존재에게도 마법이 통하게 만든 것이다.

그 술식은 너무도 고도의 것이라 마력의 패턴을 읽은 릴스타인조차도 거의 이해할 수 없는 수준이었다. 릴스타인이 기가 막혀 고개를 저었다.

'와, 내가 적룡의 망토를 이용한 방식은 이에 비하면 기초 과정이나 다름없잖아?'

역시 사파란이다.

방심할 수가 없다.

과연 릴스타인, 자신과 비견되는 이 시대 최강의 마기언 중 한 명!

지팡이를 휘저어 술식을 완성시키며 사파란이 중얼거렸다.

"이계의 마물에게 마법을 통용시키는 수법은 나도 꾸준히 연구하고 있었지. 당연한 거 아냐? 자신의 힘이 전혀 통하지 않는 상대가 분명 존재하는데, 그에 대한 대비책을 마련하지 않고 어떻게 밤잠을 편히 잘 수 있겠어?"

비록 그가 상정한 적은 지구인이 아니었지만.

"사실 난 릴스타인, 네가 광제처럼 수많은 이계의 마물을 불러낼 줄 알았다. 그래서 그에 대비한 것인데… 이런 식으로 맞물릴 수도 있구나."

쓴웃음을 지으며 사파란은 마지막 언령을 외쳤다.

"만물은 무릎 꿇을지어다!"

이로써 결계가 완성되었다.

*　　　*　　　*

"타앗!"

투기강을 두른 하이어 브렌탈의 검이 적색 기사의 목을 날렸다. 검을 떨쳐 핏물을 뿌리며 그는 찬탄을 터뜨렸다.

"하하하! 역시 폐하의 권능은 놀랍기 그지없도다!"

이미 그의 발밑엔 두 명의 적색 기사가 시체가 되어 뒹굴고 있었다.

다른 쪽도 상황은 비슷했다.

전장을 거리낌 없이 질주하던 적색 기사들은 지금 사방의 공세에 가로막혀 아무것도 하지 못하고 있었다.

사파란의 마법에 의해 초인급이던 기량이 확 깎였다. 원래 투기강을 제외하면 검술이나 전투에 대한 판단력은 전혀 뛰어나지 않았던 적색 기사들이다. 이 정도면 기사급이나 달인급 소드하이어도 충분히 상대할 수 있는 것이다.

여기저기서 적색 기사들이 피를 흘리며 쓰러져 갔다.

"크으으……."

"으어……."

그런 그들의 주위를 강력한 마력이 에워싸고 있었다.

전장의 여덟 방향을 점유한 이계 마물의 사체 조직, 그곳을 기반으로 흘러나오는 강력한 억제 결계의 마력이었다.

릴스타인의 미간이 짙게 찌푸려졌다.

'이거, 단순한 고룡잡이 덫도 아니잖아?'

아무리 마법이 통한다 하더라도 초인급 소드하이어를 결계로 붙잡는 것은 결코 쉬운 일이 아니었다.

기존의 고룡잡이 덫은 범위가 정해져 있었다. 그래서 어떻게든 범위에서 벗어나면 힘을 되찾을 수 있었다.

그런데 적색 기사들은 아무리 날고뛰어도 결계의 효력에서 빠져나오지 못하고 죽어갔다. 마치 전장 전체가 결계 범위 내인 것처럼.

아무리 사파란의 마력이 방대해도 이렇게 넓은 결계를 펼치는 것은 무리다. 설사 고금 최강의 마기언이었던 초대 루스클란 대제라 할지라도 불가능한 일이다.

분명히 또 다른 수를 썼다는 의미인데…….

"사파란 녀석은 결계 마법이 그리 뛰어나지 않았는데?"

마력을 운용하며 사파란은 의기양양한 미소를 지었다.

"놀랐지, 릴스타인?"

고룡잡이 덫의 위력은 분명 강력하다. 비록 막대한 돈과 준비가 필요하긴 하지만, 제대로 발동만 하면 초인급의 극의에 다다랐던 젝센가드조차도 억누를 정도로 확실한 위력을 보여준다.

하지만 아무리 강하다 해도 그것은 결국 '함정'이었다.

무릇 함정은 상대가 빠져주지 않으면 아무 의미 없는 법이다.

그리고 사파란은 공격계 마법에 있어서 테라노어 최강을 자부하는 마기언이었다. 함정을 파고 상대를 끌어들이는 것은 성미에 맞지 않았다.

그래서 개발했다.

핀 포인트로 쏘아내, 상대를 감싸 버리는 방식으로 펼치는 결계 마법을.

"공격형 마법 결계, 고룡잡이 그물이다."

*   *   *

릴스타인은 한숨을 내쉬었다.

"흐음, 함정을 파고 끌어들이는 덫의 한계를 넘어서, 직접 상대에게 던져 버릴 수 있는 형태로 결계 패턴을 바꾼 건가?"

솔직히 이것도 어떻게 하는지 전혀 모르겠다.

수법 자체야 파악했지만, 구동 원리는 짐작이 가지 않았다. 아무리 그가 최근 초환계나 소환계에 집중하느라 결계 마법 쪽을 그리 연구하지 않았다고 해도…….

이마를 감싸며 릴스타인은 찬사를 터뜨렸다.

"완전히 연타로 두들겨 맞았는데? 공격 마법이 전문인 친구가 이런 수까지 대비해 두었을 줄이야."

그것도 제대로, 자신의 전공을 살려가며 조합해 냈다. 어설프게 결계 자체를 강화하겠다고 어울리지도 않는 새로운 계열 마법에 도전하는 우를 범하지도 않았다.

연구의 방향성도, 그 결과물도 흠잡을 데가 없다.

덕분에 릴스타인의 적색 기사들은 죽어가고 있었다. 대부분 목숨을 잃어 남은 이는 고작해야 3명뿐.

그 3명조차도 풍전등화나 다름없었다. 저들마저 무너지면 릴스타인 왕국군은 그대로 쓸려 버릴 것이다.

서둘러 릴스타인이 사념파를 날렸다.

[너희들도 가라.]

곁에 서 있던 4인의 적색 기사가 투기강을 뽑아 들고 몸을 날렸다. 그 광경을 지켜본 사파란이 고개를 저었다.

"이미 늦었다."

뛰어든 4인마저 고룡잡이 그물에 억눌려 이내 힘을 잃었다.

움직임이 극히 둔화되며 순식간에 사파란 왕국군에게 포위되어 버린다.

아직도 사파란에겐 여력이 있는 것이다.

"애당초 이 결계는 다른 친구들을 염두에 두고 만든 것이라 초인급 초입 수준이라면 스무 명이라도 감당할 수 있거든?"

단순히 릴스타인만을 경계하지 않았다.

과거의 친구들, 혁명 6영웅 모두를 잠정적인 적으로 간주하고 있던 사파란이었다. 심지어 그 친하던 젝센가드조차도.

최악의 경우, 저들 전원이 손잡고 덤벼오는 상황마저도 가정하고 있었다.

"워낙 준비할 게 많아서 아올라드와 백색 상아탑 외의 장소에서는 발동시킬 수 없다는 게 약점이긴 하지만……."

대신 발동만 한다면 혁명 영웅 모두가 덤벼든다 해도 충분히 억제할 수 있도록 준비해 두었다.

사파란은 계속 결계를 조작했다. 남은 적색 기사들을 제압하는 한편, 남은 여력을 모아 본진의 릴스타인마저 노린다. 제 발로 기어 들어온 맹수를 굳이 놓아줄 이유는 없는 것이다.

그러나 여의치 않았다.

릴스타인의 마력이 결계의 효력과 충돌해 상쇄되어 갔다. 이미 초인급 소드하이어를 14인이나 억제했던 후라 결계의 힘이 모자랐던 탓이다.

사파란이 입맛을 다셨다.

"쩝, 세상일 마음대로 되지 않는구만."

아쉽지만 이 정도로 만족해야 할 듯했다.

저 멀리, 보이지 않는 과거의 친구를 향해 사파란은 들리지 않는 전언을 보냈다.

"이만 물러나라, 릴스타인. 오늘은 우리가 승부를 결할 때가 아닌 것 같으니."

*   *   *

전장을 바라보며, 사방을 뒤덮은 사파란의 마력을 느끼며 릴스타인은 중얼거렸다.

"역시 내가 옳았어."

사파란이 뭔가 대비하고 있을 줄은 알았다. 하지만 이 정도일 줄은 몰랐다. 상상을 아득히 뛰어넘은 역량이었다.

"과연 인간사란 아무리 노력해도 예측이 불가능하군."

그래서 미래는 두려운 것이다. 인간인 이상 아무리 대비해도 갑작스레 닥쳐올 불행, 항거할 수 없는 힘 앞에 짓눌릴 수밖에 없다.

그렇기에 힘이 필요하다.

상상도 못 해본 일이 생기더라도 감당할 수 있는 절대적인 힘이.

"내겐 이제 그 힘이 있다."

나직하게 뇌까리며 릴스타인이 오른손을 들었다. 사념파가 전장을 관통했다.

[가라.]

느닷없이 전장 한복판에서 열 줄기의 투기강이 솟아올랐다. 사파란 왕국군과 맞서 싸우던 크림슨 나이츠였다.

백호 기사와 병사들을 상대로 힘겨운 전투를 펼치던 이들이 갑자기 초인급의 경지를 드러내며 말을 박차고 날아올라 두 발로 전장을 뛰어가기 시작한다!

"헉?!"

사파란은 경악하며 눈을 크게 떴다.

"뭐야? 저놈들 중에도 지구인이 있었어?"

이해할 수 없는 일이었다. 이미 사파란 왕국군은 전투가 시작된 이래 저들에게 각종 마법을 난사했었다.

"분명 마법이 통했……."

생각해 보니 마법이 통하는지, 통하지 않는지 제대로 확인한 건 아니었다. 저들을 향했던 마법은 죄다 릴스타인이 가로막았으니까.

'아니, 하지만 분명히 그놈들은 말을 못 탄다고…….'

이내 사파란은 자신의 실수를 깨달았다.

따지고 보면 초인급 소드하이어의 신체 능력으로 말을 못 탈리가 없다. 간단한 연습만으로도 가능한 일인데? 그저 승마 상태로는 초인급의 실력을 전부 발휘하기가 힘들 뿐이다.

이제껏 저들은 평범한 소드하이어를 연기해 왔다. 당연히 승마 상태로도 별문제 없었겠지.

그런데도 말을 타고 있다는 이유만으로 무심코 지구인일 거란 의심을 안 해버렸다.

'이런 간단한 심리적 트랩에 이 몸이 걸리다니!'

이를 갈며 사파란은 남은 결계의 힘을 집중시켰다. 10인의 적색 기사 중 6인의 움직임이 둔해졌다.

남은 4인은 여전히 광포하게 날뛰고 있었다. 결계의 힘이 한계에 다다른 탓이었다.

사파란 왕국의 초인급 소드하이어, 브렌탈은 이미 많이 지쳤고, 백호기사단도 피해가 컸다. 거기에 생생한 적색 기사가 4명이나 더 투입되었으니, 이제는 사파란도 승리를 장담할 수 없게 되었다.

'더 이상 아군의 피해를 신경 쓸 상황이 아니군!'

흥분한 사파란이 마력을 끌어올렸다. 사파란 캐논을 준비하려는 것이었다.

"한꺼번에 쓸어버려 주마!"

그때 릴스타인이 차분하게 한 번 더 오른손을 들어 올렸다.

[가라.]

전장의 한쪽에서, 또다시 열 줄기의 투기강이 솟아올랐다. 사파란이 기겁해 소리쳤다.

"또? 릴스타인 저 미친놈이 지구인을 몇 명이나 소환한 거야?"

새로 등장한 10명의 초인급이 사파란을 노리고 돌진하기 시작했다. 마기언 특유의 빠른 계산으로 사파란은 현 상황을 단숨에 정리해 냈다.

이대로는 안 된다.

더 이상 승산이 없다. 어서 이 자리를 피해야 한다.

고개를 돌린 사파란의 안색이 순간 창백해졌다. 자기도 모르게 욕설이 새어 나왔다

"이런, 젠장······."

릴스타인이 왜 많은 희생을 감수하면서까지 초인급 소드하이어를 순차적으로 투입했는지 그 이유를 알아챈 것이다.

처음부터 수십 명의 초인급을 꺼내 들었다면 사파란도 바로 물러났을 것이다. 정면으로 상대하지 않고 농성을 통해 활로를 찾았겠지.

하지만 지금의 그에겐 더 이상 여력이 없다. 모든 밑천을 꺼내 버렸고, 마력 역시 대부분 고갈된 상태다.

도망치고 싶어도 도망칠 방법이 없다!

"크으윽!"

치를 떨며 사파란은 남은 마력을 모조리 끌어올렸다.

"내가 이 정도로 당할 것 같아?!"

그는 백색의 사파란! 테라노어에서 단둘뿐인 플로어 마스터이자 마법의 극의에 다다른 자다!

콰콰콰쾅!

온갖 공격 마법이 하늘을 수놓았다. 사파란 캐논이 연신 불을 뿜으며 대지를 뒤흔들었다.

마지막 힘을 끌어내는 사파란을 바라보며 릴스타인은 부드럽게 웃었다.

"인정한다, 사파란."

증오도, 분노도 없는 담담한 목소리로⋯⋯.

"넌 틀림없이 최강의 호적수였어. 그 방대한 지식과 지혜, 마력과 권능, 모든 것이 내 아래가 아니었다."

상대에 대한 솔직한 찬사를 늘어놓으며⋯⋯.

"하지만 추구하는 방향이 달랐지. 그걸로 네 운명은 정해졌다."

오랜 친구에게 사형선고를 내린다.

[가라.]

남은 60여 기의 크림슨 나이츠. 그들마저 전원 말에서 몸을 날렸다.

기사급 소드하이어는 결코 보일 수 없는 무시무시한 도약력을 선보이며, 허공으로 뛰어올라 찬란한 파괴의 빛을 발한다.

수십 줄기의 투기강이 전장의 하늘을 눈부시게 빛냈다.

"어……."

순간 사파란은 멍한 신음을 흘렸다.

사방 어디를 둘러봐도 투기강뿐이었다. 붉고 푸르고 백색에 검디검은, 다양한 파괴의 빛이 전장을 가득 메우고 있었다.

단 한 명만으로도 일국의 전략 병기 취급을 받는 것이 바로 초인급 소드하이어란 존재. 그 절대적 강자가 길거리 가판대의 싸구려 주전부리처럼 사방에 굴러다닌다.

악몽이었다.

분명 두 눈을 뜨고 있음에도 현실감이 전혀 느껴지지 않는 칠흑의 악몽.

"크르르!"

"크아아아!"

짐승의 울음소리가 귀청을 찢었다. 녹색 눈동자 위로 해일처럼 밀려오는 무수한 투기강이 비쳤다.

"말도 안 돼……."

사파란의 마지막 외침이 비명처럼 차가운 하늘을 갈랐다.

"…100명이 몽땅 다 지구인이었다고?!"

절망에 찬 친우의 일그러진 얼굴을 바라보며 릴스타인은 차분하게 중얼거렸다.

"나의 인형들아, 내게 사파란의 목을 가져오거라."

$$* \qquad * \qquad *$$

성시한은 눈을 깜빡였다. 도무지 믿을 수 없다는 표정이었다.

"100명? 100명이라고?"

"정확히 말하면 103명이었습니다만… 별로 의미 있는 차이는 아니겠지요."

켈테론은 고개를 끄덕였다.

"맞습니다, 시한 님. 릴스타인의 새 친위기사단 크림슨 나이츠는 전원 초인급 소드하이어입니다. 그리고 아마도 전원 지구인이겠지요."

"……."

시한은 한동안 말을 잇지 못했다.

한참 후에야 충격에 빠진 얼굴로 질문을 던진다.

"저, 정말이야? 혹시 뭔가 착오가 있을 가능성은? 아무리 그래도 사파란이 그리 쉽게 죽을 리가……."

저어하며 눈치를 보다 켈테론이 말을 이었다.

"사파란 왕국군과 릴스타인 왕국군, 양쪽의 수많은 병사가 그 광경을 보았습니다. 증인만 수천에 달합니다. 게다가 릴스타인은 사파란의 시체를 수습해 국장으로 처리한다고 했습니다. 아무리 적이라지만 한때 친구이자 일국의 왕이었던 만큼 그에 걸맞은 예를 다한다는 것이겠지요."

잠시 심호흡을 한 뒤 켈테론이 단언했다.

"확실합니다, 시한 님. 백색의 사파란은 죽었습니다."

Chapter 3

세상의 중심엔 아무도 없다

아올라드를 점령한 릴스타인은 왕실을 장악한 뒤 릴스타인 왕국 북부에서 싸우고 있는 사파란 왕국군에게 전령을 보냈다.

─전쟁은 끝났다. 이제 짐이 그대들의 왕이다.

그 전령은 바로 사파란 왕국의 고위 관료들이었다. 왕국의 중추들이 직접 나섰으니 야전의 지휘관들도 진실을 받아들일 수밖에 없었다.

사파란 왕국군은 전투를 멈추고 백기를 들었다.

생긴 지 십 년밖에 되지 않은 사파란 왕국이다. 아직은 국가에 대한 소속감보다는 백색의 사파란 개인에 대한 충성과 혁명 6영웅의 권위에 의해 유지되던 나라다.

사파란의 수하들 대부분은 새로운 지배자에게 복종했다. 사파란에 대한 충성심이 높았던 몇몇 심복들은 국경을 넘어 이나시우스 교국이나 라텐베르크 왕국으로 몸을 숨겼다.

그렇게 사파란 왕국은 멸망했다.

이 소식은 이내 세상에 알려졌다. 테라노어 전역이 불신과 경악에 휩싸였다.

사파란의 죽음도 죽음이지만, 그 경위가 도무지 믿을 수 없는 것이었다.

"초인급 소드하이어가 100명이라고?"

"그게 무슨 말도 안 되는 소리야?"

테라노어에 알려진 초인급 소드하이어와 백금위의 프레이어를 다 모아도 스무 명이 채 안 된다. 심지어 요 근래 이런저런 이유로 죽은 이들이 있으니 그 수도 더 줄었다.

아직 알려지지 않은, 초인급의 경지에 올랐을지도 모른다고 짐작되는 이들까지 쳐도 서른을 넘기 힘들다.

그런데 릴스타인 단독으로 테라노어 전체를 합친 것보다 몇 배나 많은 초인급 소드하이어를 보유하고 있다고?

지나치게 비상식적인 이야기였다.

하지만 뜬소문이라고 무시할 수도 없었다. 결과가 너무도 확실한 것이다.

사파란이 죽었고, 왕국이 멸망했다. 그 광경을 지켜본 증인이 한둘이 아니었다.

양군에 속했던 수천의 병사들 모두가 그 전투를 지켜보았다. 초인급의 진위를 파악할 정도로 수준 높은 소드하이어와 마기언들도 무수히 많았다.

아무리 의심하려 해도 의심할 수 없는 진실 앞에 사람들은 혼란에 빠졌다.

팔로스 왕국의 군주, 레비나 벨 피르 팔로스 역시 마찬가지였다.

*   *   *

팔로스 왕국 수도 라필룸 중심에 위치한 시프 퀸의 왕궁, 데 아칸트리아.

레비나는 보석으로 치장된 여왕의 옥좌에 앉아 헛웃음을 흘렸다.

"뭐, 100명? 나 원 참……."

너무 어이가 없다보니 차라리 웃음이 나온다.

정무 회의에 참가한 퀸즈 나이츠 중 한 명, 하이어 안델란이 조심스레 첨언했다.

"정확히는 80명 안팎입니다, 나의 여왕이시여. 사파란에 의해 스물 정도를 잃었다고 했으니까요."

레비나가 나직한 혼잣말을 내뱉었다.

"역시 사파란이야. 그냥 죽지는 않았네."

사파란의 능력을 누구보다 잘 아는 그녀였다.

다른 상황이었다면 아무리 증인이 많다 해도 결코 그의 죽음을 믿지 않았을 것이다. 뭔가 속임수를 썼다고, 어떻게든 몰래 피신했다고 여겼겠지.

하지만 정말 초인급 소드하이어가 100명이나 있었다면 저 결과 역시 믿지 않을 수 없다. 솔직히 저 상황에서 초인급을 스물이나 처치한 것만으로도 사파란은 역량 이상의 성과를 낸 셈이다.

회의에 참석한 신하 중 한 명이 불신의 목소리를 냈다.

"도대체 어떻게 그 많은 초인급 소드하이어를 양성할 수 있었을까요? 아무리 릴스타인의 마법이 궁극의 경지에 다다랐다지만……."

소드하이어의 인공적인 양성은 초대 루스클란 황제조차도 감히 이루지 못한 위업이었다. 사람들이 믿지 못하는 것도 당연하다.

그러나 레비나는 그 점은 오히려 의심하지 않았다.

쉽게 예상할 수 있었으니까.

'지구인이라면, 시한과 같은 존재들이라면 이상할 것도 없지.'

레비나 역시 소식을 접한 순간 바로 그들의 정체를 알아차렸다. 성시한과 사파란도 바로 알아차린 사실인데 그녀가 모를 수는 없었다.

고개를 저으며 레비나는 옥좌에 등을 기댔다.

'그럼 래디언스 원 사태는 릴스타인의 짓이었군.'

성시한이 그랬던 것처럼, 지구인이라면 테오란트의 투기술을 완벽하게 카피하는 것이 가능하다. 분명 이계구원자의 유물을 훔쳐 간 것은 릴스타인이다.

'시한이 돌아온 것이 아니었어. 어쩐지 그토록 자신만만하게 단언하더라니.'

릴스타인은 확실하게 못을 박았다.

성시한은 절대 자력으로 테라노어로 돌아올 수 없다고. 그러니 태양의 신전 본산, 래디언스 원을 파괴한 범인은 절대 그일 수가 없다고.

'자기가 범인이었으니 당연히 확신이 있었겠지!'

레비나의 아름다운 얼굴이 살짝 일그러졌다.

나름대로 다른 친구들의 동태를 파악하고 있다고 여겼는데, 이렇게 제대로 뒤통수를 맞을 줄은 몰랐다. 그것도 그냥 뒤통수도 아니라 생사가 오갈 치명적인 한 방이다.

반짝이는 은빛 머리카락을 신경질적으로 꼬아대며 그녀는

중얼거렸다.

"초인급이 100명이라……. 끙, 분명 릴스타인이 뭔가 준비하고 있을 줄은 알았지만 이런 식일 거라곤 생각도 못 해봤는데……."

아무리 레비나가 무신급 소드하이어라도 초인급이 100명이면 대책이 없다. 아니, 성시한이 테라노어로 돌아온다 해도 답이 안 나오는 숫자다, 저건.

사파란이 초인급 20명을 해치우긴 했지만 그건 어디까지나 릴스타인이 순차적으로 지구인을 투입했기에 나온 결과였다. 그조차도 자기 본거지에서, 수많은 수하들의 도움을 받아가며, 평생 준비해 둔 밑천을 탈탈 털어 겨우 해냈다.

처음부터 릴스타인이 초인급 소드하이어 100명을 몽땅 내세웠다면 아무것도 못 했을 것이 뻔하다.

'혁명 6영웅과 루스클란 육호장이 손을 잡고, 3대 무신이던 이계구원자, 용병왕 바락, 론다르크 장군까지 합세하면 좀 상대가 되려나?'

물론 저들 중 현재 테라노어에 남아 있는 이는 반도 안 된다. 무의미한 가정일 뿐이다.

"아하하……. 와, 이거 뭐 암담하네?"

허탈한 웃음을 흘리는 레비나를 보며 신하들은 어깨를 움츠렸다.

퀸즈 나이츠 한 명이 애써 그녀를 위로하려는 듯 입을 열었다.

"비, 비록 초인급이라 해도 그들의 기량은 정상적인 게 아니라 들었습니다. 그러니 아주 승산이 없지만은……."

레비나는 심드렁한 표정을 지었다.

저 말도 틀린 것은 아니었다. 확실히 릴스타인의 크림슨 나이츠는 제대로 된 초인급 소드하이어라 볼 순 없었다.

비유하자면, 평생 인간에게 사육당해 야성을 잃은 호랑이라고 해야 할까?

"그래도 호랑이는 호랑이지."

야성을 잃은 호랑이라도 이빨과 발톱이 없는 것은 아니다. 백 마리가 몰려오면 충분히 악몽이다.

"그래도 지금은 80명까지 수가 줄었으니까……."

말하다 말고 퀸즈 나이트는 그냥 입을 다물었다. 막상 입 밖으로 꺼내고 보니 전혀 위안이 되지 않는 수치였다.

과연 레비나는 실소했다.

"풋, 100명이나 80명이나 상대가 안 되긴 마찬가지잖니?"

그리고 이내 안색을 굳혔다.

"그리고 릴스타인의 초인급 소드하이어가 그 100명이 전부라는 보장도 없잖아?"

어쩌면 사파란과의 일전에서 내세운 지구인들조차도 전부가 아닐지 모르는 것이다.

레비나의 말에 신하들이 혼돈에 빠져 웅성대기 시작했다.

"더, 더 있을지도 모른다는 말씀입니까?"

"설마……."

"아무리 그래도 초인급 소드하이어가 그리 쉽게 만들어지는 건 아닐 텐데……."

레비나는 회의장을 둘러보며 생각에 잠겼다.

말은 저렇게 했지만 릴스타인의 성격상 사파란을 상대하는 데, 게다가 직접 나섰는데 전력을 다하지 않았을 리는 없다. 아마도 현재로선 저들이 전부라고 짐작된다.

'하지만 그 후 지구인을 또 소환하지 말란 법도 없지?'

소환된 지구인이 100명을 넘어간 시점에서 광제의 소환 의식을 기준으로 현재 릴스타인의 한계를 측정하는 건 불가능했다.

광제와 같은 방식이라면 지구인 100명을 소환하기 위해 최소 3,000명 이상의 루스클란 황족이 필요하다. 그것도 루스클란 직계의 피가 짙은 이만을 골라서.

지난 십 년 동안 릴스타인이 사냥한 루스클란 황족의 숫자는 저렇게 많지 않았다. 그 정도의 정보는 레비나도 파악하고 있었다.

'게다가 피가 짙은 이들의 숫자는 더더욱 적고.'

사실 스무 명도 최대한 높게 잡은 것이고, 현실적으로는 고작해야 대여섯 명 정도가 한계다.

'뭔가 다른 방식으로 지구인을 소환한다고 봐야겠지.'

상념에 빠진 레비나를 향해 신하들이 조심스레 물었다.

"여왕 폐하?"

"앞으로 어찌해야 할는지……."

지금의 릴스타인 왕국은 부인할 수 없는 테라노어의 최강국이었다.

사파란 왕국을 집어삼키며 영토만 해도 테라노어의 삼분지일, 인구로 치면 거의 대륙의 절반을 차지하는 대국이 되었다. 군사력도 경제력도 다른 나라가 감히 범접할 수 없다.

팔로스 왕국 단독으론 도저히 감당할 수 없는 수준이다.

퀸즈 나이츠 중 한 명이 의견을 내놓았다.

"타국과 동맹을 맺어야 합니다. 특히 이나시우스 교국과."

레비나가 쓴웃음을 지었다.

"이제 와서 카렌에게 손을 벌리라고?"

다른 신하들도 난처한 표정을 지었다.

평소 팔로스 왕국은 남쪽 국경과 마주한 이나시우스 교국과 충돌이 잦았다. 북쪽의 테오란트 왕국과도 그리 좋은 사이는 아니었다.

비교적 사이가 좋았던 나라는 젝센가드 왕국뿐.

젝센가드와 손잡고 테오란트와 카렌 이나시우스를 견제하는 것이 그간 레비나의 포지션이었는데…….

"요 몇 달 사이에 대륙 내 정세가 급변해 버렸지."

레비나는 혀를 찼다.

갑자기 젝센가드가 축출되고 라텐베르크 왕국이 생겼다. 테오란트가 사고로 죽어버리고 그의 동생이던 에란트가 새 국왕이 되었다. 그리고 이나시우스 교국이 저 두 나라와 삼국동맹을 맺었다.

모든 것이 레비나가 미처 손쓸 새도 없이 흘러간 일이었다. 정신 차려보니 순식간에 팔로스 왕국이 대륙 동북부에 고립된 신세가 되었다.

우연이라기엔 모든 일이 너무 빠르게 진행되어, 레비나 입장에선 '사실은 뭔가 보이지 않는 손이 조종하고 있기라도 한가?' 라는 의심마저 들 지경이다.

"물론 그간 우리 나라와 이나시우스 교국이 좋은 관계는 아니었습니다만……."

동맹 의견을 낸 퀸즈 나이트가 말을 이었다.

"어제의 적이 오늘의 아군이 되는 것이 국가 간의 정세입니다. 과연 이나시우스, 테오란트, 라텐베르크 삼국동맹만으로 지금의 릴스타인 왕국을 감당할 수 있을까요? 저들 역시 팔로스의 동맹으로의 참가를 두 손 들어 환영할 겁니다."

확실히 현 상황에서는 남은 4국이 몽땅 힘을 합쳐도 릴스타인 왕국 하나를 감당할 수 있으리란 보장이 없다. 레비나가 손을 내밀면 분명 카렌이나 타국의 왕들도 껄끄러워는 할지언정 거부할 순 없을 터.

그러나 레비나는 고개를 저었다.

"아니, 일단은 기다리겠다."

대륙 남서쪽에 위치한 릴스타인 왕국과 동북에 위치한 팔로스 왕국은 국경이 인접해 있지 않다. 사이에 테오란트 왕국과 라텐베르크 왕국이 있으니, 설사 릴스타인이 움직여도 제일 먼저 철퇴를 맞는 쪽은 저 두 나라.

팔로스 왕국은 아직 공간적, 시간적 여유가 있는 것이다.

"홍, 아쉬우면 저쪽이 먼저 손을 내밀겠지."

코웃음을 치는 레비나를 향해 퀸즈 나이트가 근심 어린 표정을 지었다.

"그러다 시기를 놓치는 우를 범하지 않을까 우려됩니다만, 여왕 폐하."

"그래도 이쪽에서 먼저 고개를 숙이고 들어갈 순 없어."

테오란트도, 젝센가드도 이제는 없다. 두 나라의 현 국왕은 테오란트의 동생인 에란트와 젝센가드의 아들 아인츠다.

혁명 영웅, 은형의 레비나와 어깨를 나란히 하기엔 격이 맞지 않는 것이다.

"혁명전쟁 때 뒤에서 빵의 개수를 세던 에란트나 열 살짜리

코흘리개였던 아인츠와 짐이 동등한 위치에 서라고? 그럴 수야 없지."

동맹을 맺는다 해도 주도권을 잡아야 한다. 그러니 먼저 손을 내밀 순 없다.

게다가 다른 이유도 있었다.

'일단 릴스타인의 현 전력도 파악해 볼 필요가 있어.'

만약 4국이 힘을 합쳐도 상대가 안 된다면? 초인급 소드하이어의 수를 생각하면 사실 이쪽이 더 가능성이 높았다.

'그럼 차라리 릴스타인 밑으로 고개를 숙이고 들어가는 게 나을지도……'

레비나 역시 릴스타인처럼 혁명 6영웅 중 하나다.

싸우다 패배했다면 모를까, 그녀 정도의 거물이 스스로 고개를 숙인다면 평판을 신경 쓰는 릴스타인으로선 우대하지 않을 수가 없다.

여왕인 지금만큼은 아니겠지만 충분히 부귀영화를 누릴 수 있다.

물론 결코 만족스러운 삶은 아닐 것이다. 자기 위에 릴스타인이란 절대 강자를 모시고 살아야 하는 신세가 될 테니.

그것이 싫어서 그토록 사랑하던 성시한조차도 배신했던 레비나였다.

'…그래도 죽는 것보다는, 모든 것을 잃는 것보다는 낫겠지.'

일단은 상황을 지켜본다.

릴스타인이 어떻게 나올지, 다른 나라가 어떻게 반응할지.

'이미 릴스타인은 야욕의 이빨을 드러냈으니 그리 오랜 기다림은 아닐 터.'

레비나는 결정을 내렸다.

"전시 체제를 유지하며 계속 정황을 파악하라. 아직은 시간적인 여유가 있다. 바로 결론을 내릴 필요는 없다."

퀸즈 나이츠와 여러 신하들이 일제히 허리를 굽혔다.

"예, 여왕 폐하."

*　　　　*　　　　*

켈테론 기사단 본부에서 조금 떨어진 곳에 위치한 작은 산속의 호수.

평소 기사단 본부의 식수원 및 싱싱한 민물 생선의 조달처로 이용되던 이 호수는 한겨울의 추위 탓에 꽁꽁 얼어붙어 있었다.

저 멀리 호수 가장자리까지 뒤덮은 은빛 얼음판이 햇살을 받아 마치 거대한 거울처럼 반짝인다.

아름다운 풍경이었다. 그러나 그 정경을 지켜보는 성시한은 별로 감흥을 느끼지 못하는 듯했다.

시한이 한숨을 내쉬었다.

"후우……"

어지러운 머릿속을 정리하기 위해 산책 삼아 이곳까지 나와 봤지만, 주위에 아름다운 경치가 가득 펼쳐져 있었지만 전혀 눈에 들어오지 않는다.

'정말 죽은 건가, 사파란.'

켈테론의 보고를 들었을 때만 해도 시한은 그의 죽음을 순순히 믿지 않았다.

상대는 그 영리한 사파란이었다. 자신의 죽음을 위장해 뭔가 음모를 꾸몄다 해도 전혀 이상하지 않았다.

그래서 켈테론으로 하여금 보다 신중하게 진위를 파악하라고 명했다. 하지만 진위를 파악하면 할수록 진실은 더욱 명확하게 드러날 뿐이었다.

정황도 분명하고, 증인도 너무 많고, 죽음의 과정도 의심할 부분이 없다.

완벽해 보이는 증거를 앞에 두고도 미심쩍은 부분을 예리하게 찾아내 의심하고 진실을 파고든다면, 그것은 분명 신중하고 현명한 태도일 것이다.

하지만 누가 봐도 확실한 사실을 그럴 리가 없다는 바람만으로 계속 의심하고 뭔가 음모가 있을 거라 믿는다면, 이는 단순히 현실에서 눈을 돌리는 것일 뿐이다.

"하하……."

시한은 힘없이 웃었다.

인정할 수밖에 없다. 그를 배신한 오랜 친구가 이미 죽어버렸다는 것을.

자신이 저지른 행위에 대해 그 어떤 대가도 치르지 않고, 배신한 과거를 대면하지도 않고…….

'결국 사파란은, 내가 돌아왔다는 사실조차 영원히 알 수 없겠구나.'

공허한 시선이 호수 저 멀리의 겨울 하늘을 응시한다.

문득 성시한이 중얼거렸다.

"무슨 일이야, 알리타?"

시한이 서 있는 호숫가 근처의 한 나무 위, 가지 사이의 검은 그림자 속에서 맑은 목소리가 들렸다.

"시한의 감각은 못 속이겠네요."

그림자 속에서 백금발의 소녀가 모습을 드러냈다. 잠형기를 거둔 그녀를 보며 시한이 어깨를 으쓱였다.

"아냐, 많이 늘었는데? 나도 반경 10미터 이내에 들어온 다음에나 알아차렸으니까. 이 정도면 과거의 레비나와 비교해도 떨어지지 않는 수준이야."

알리타가 나무 위에서 뛰어내려 시한의 곁으로 다가왔다. 그리고 미심쩍은 표정을 지었다.

"그 과거라는 게 대체 몇 살 때의 시프 퀸을 말하는 거예요? 칭찬해 주는 거야 고맙지만……."

레비나와 비교되기엔 아직 갈 길이 멀다는 건 알리타 자신이 제일 잘 알고 있는 것이다.

과연 성시한도 그냥 해본 소리인 모양이었다.

"12살이나 13살쯤 되지 않을까? 실은 나도 잘 몰라. 내가 레비나를 처음 만났을 땐 이미 달인급의 극에 다다랐었으니까."

뭐, 거짓말은 안 했다.

레비나가 엄마 배 속에서부터 잠형기를 터득한 게 아닌 이상에야, 분명히 과거 어느 한 시점에선 지금의 알리타와 비슷한 수준이었겠지.

"…그냥 칭찬을 말아요, 시한은."

알리타는 뾰로통한 얼굴로 시한과 나란히 섰다. 두 사람이 말없이 눈앞의 겨울 풍경을 바라보았다.

갑자기 알리타가 입을 열었다.

"역시 화나죠?"

알리타의 질문에 성시한은 힘없이 대답했다.

"화나지."

복수의 대상이 미처 손을 쓰기도 전에 자멸해 버렸다.

그럼 과연 기쁠까?

원수가 누군가에 의해 자기도 모르는 곳에서 멋대로 죽어버

렸는데 정녕 속이 시원할까? 인과응보라고 여기며 즐거워할 수
있을까?

'기쁠 리가 없잖아.'

단순히 배신자들이, 배신의 대가로 호의호식하는 꼴을 두고
볼 수 없어 테라노어로 돌아온 것이라면 순수하게 기뻐할 수
있을지도 모르겠다. 사파란의 죽음을 보고도 꼴좋다고, 천벌을
받았다며 생각 없이 낄낄댈 수 있었을지도 모르겠다.

하지만 그럴 거였으면 애당초 지구의 삶을 뒤로하고 테라노
어로 돌아올 필요도 없었다.

지구와 테라노어는 같은 세계가 아니다.

전혀 다른, 전혀 별개의, 전혀 왕래가 없는 두 세계.

혁명 6영웅이 지구로 돌아간 성시한을 죽은 자로 여겼던 것
처럼, 지구로 돌아간 시한 입장에서도 저들은 존재하지 않는
이들이나 마찬가지였다.

마음만 먹으면 얼마든지 무시하고 새로운 삶을 살아갈 수
있었다.

성시한이 테라노어에서 얻은 힘은 충분히 강력하다.

초인적인 육체, 현대 문명의 인식을 뛰어넘는 마법의 힘, 그
로 인해 벌어들일 수 있는 막대한 재산과 영향력.

마음만 먹으면 스포츠 스타가 되어 전설로 남을 수도, 대재
벌이 되어 돈을 갈퀴로 긁어모을 수도 있었다. 정치판에 뛰어

들어 마법을 이용해 사람들의 인기를 한 몸에 받는 것도 가능했다.

테라노어에서 황제처럼 살 수 있다면, 지구에서도 얼마든지 그렇게 살 수 있었다.

'솔직히 말하면 지구가 더 낫지.'

온갖 편리한 현대 문명 속에서 왕처럼 사는 것과 중세 문명 레벨의 세상에서 왕처럼 사는 것, 어느 쪽이 더 나은지는 고민해 볼 필요조차도 없는 것이다.

어차피 지구에서도 미녀건 사회적 지위건 권력이건 똑같이 손에 넣을 수 있는데?

그럼에도 과거의 성시한은 테라노어를 선택했다.

현대 문명을 뒤로하고 텔레비전도, 컴퓨터도, 인터넷도, 콜라와 온수와 난방도 없는 세상을 택했다.

지구엔 저 모든 것이 있었지만 정말 중요한 건 없었으니까.

마음을 준 사람들, 그 누구보다도 소중했던 연인과 친구들.

테라노어엔 가족이 있었고, 지구엔 가족이 없었다.

'그래, 진정한 가족이라 믿었던 이들이었지······.'

때로 인간의 마음은 그 어떤 부귀영화, 금은보화보다도 무거운 가치를 지니는 법이다.

마음만 먹으면 얼마든지 새로운 삶을 살아갈 수 있다고?

그 마음을 먹을 수 없다는 게 문제다!

분에 넘치는 힘을 손에 넣은 어린놈의 투정일지도 모른다. 남들은 하루하루 살아가기도 힘든데 얼마든지 편하게 살 수 있으면서 배부른 헛소리하고 있다고 해도 뭐, 좋다. 틀린 말은 아니니까.

그저, 저런 소리를 하는 이들에겐 가능한 '마음먹기'가 성시한에겐 불가능했을 뿐.

그런 시한에게 복수란 과거의 매듭을 짓는 행위였다. 도중에 끊긴 이야기를 마무리 짓는 유일한 방법이었다. 그 결과가 해피엔딩이건, 배드엔딩이건, 이도저도 아닌 주인공의 갑작스런 죽음이건 상관없었다.

어떤 식으로는 결말을 지어야만 마음을 먹고 새로운 삶을 살아갈 수 있다.

'…하지만 이제 사파란과의 이야기는 평생 결말을 지을 수 없겠지.'

성시한은 얼어붙은 호수를 바라보았다.

허무하고 허탈했다. 갈 곳 없는 분노가 가슴속을 휘젓고 있었다.

"젠장."

무심코 욕설이 새어 나왔다.

"멍청한 사파란 녀석……."

죽인 릴스타인보다, 죽은 사파란에게 더 화가 난다.

왜 죽어버렸나? 왜 자신이 다시 눈앞에 설 때까지 살아 있지 못했나?

생각해 보면 어이없는 푸념이지만, 부조리한 분노란 걸 스스로 알면서도 감정을 다스리기가 힘들다.

한참 후에야 시한이 한숨을 쉬며 씁쓸한 표정을 지었다.

"나도 머리로는 알아. 이런 일이 일어날 수 있다는 것도. 하지만 역시 받아들이기가 쉽지는 않네."

"이런 말 해봤자 소용없다는 것도 알고, 위로가 되지 않는다는 것도 알지만……."

알리타는 어깨를 으쓱였다.

"할 수 없잖아요? 포기하고 현실을 받아들여야지."

"너, 되게 쉽게 말한다?"

"어렵게 말해봤자 의미 없잖아요? 세상은 시한을 중심으로 돌아가는 게 아닌데."

세상은 누군가를 중심으로 돌아가는 게 아니다. 아무리 강하고 현명하고 위대한 자라도, 그를 중심으로 세상이 돌아가진 않는다. 설사 테라노어를 구한 전설의 영웅이라 할지라도 예외는 될 수 없다.

"아빠가 예전에 말했어요."

진지한 얼굴로 알리타가 입을 열었다.

"세상은 그저 흘러갈 뿐, 그 중심엔 아무도 없으니 손쓸 도리가 없는 일을 마주하면 포기하고 다음 현실을 바라볼 수밖에 없다고."

그리고 문득 희미한 미소를 지었다.

"포기해도 죄책감 따위 느낄 필요 없으니, 그것도 나름 괜찮은 일이지 않냐고도 하셨지요."

시한은 눈앞의 소녀를 물끄러미 바라보았다. 조용히 미소 짓고 있는 백금발의 소녀, 그녀의 표정은 일견 알아보기 힘들었다.

위로하려는 것이라면 참 최악의 위로일 것이고, 조언을 하려는 것이었다면 참 최악의 조언일 것이다. 얼핏 보기엔 그냥 세상에 대한 냉소적인 면을 내보이는 걸로밖에 안 보이기도 한다.

하지만 느낌이 좀 달랐다.

알리타는 그저 담담하게, 그녀가 배운 '사실'을 그대로 입 밖에 꺼냈을 뿐이다. 개인적인 감정이나 판단 따윈 전혀 개입시키지 않고.

의외로 그 철저한 객관성이 위로가 되었다.

성시한의 얼굴에도 옅은 미소가 떠올랐다.

"참 낙천적으로 부정적인 성격이셨구만? 알리타, 네 성격이 어디서 나왔는지 알겠다."

알리타가 어깨를 으쓱이며 웃었다.

"제가 원래 아빠 닮았단 소리 많이 들었거든요."

*   *   *

성시한은 발치의 조약돌을 하나 주워 들었다. 그리고 호수를 향해 돌을 던지려다 주춤했다.

물수제비를 하려고 했는데, 생각해 보니 호수 전체가 꽁꽁 얼어붙어 있다.

그래서 그냥 조약돌을 쏘았다.

쾅!

굉음과 함께 호수 한복판에 물기둥이 치솟았다. 두꺼운 얼음이 쩍쩍 갈라지며 얼음 파편이 사방으로 튀었다.

귀를 막고 물러서며 알리타가 황당하다는 표정을 지었다.

"갑자기 호수의 얼음은 왜 부숴요?"

"그냥 화풀이. 덕분에 기분은 좀 풀렸네."

헛웃음을 보이며 시한은 머리를 긁었다.

그래, 알리타의 말이 옳다. 이미 일어나 버린 일은 어쩔 수 없다.

"음, 그럼 이제 릴스타인과 레비나만 남은 건가?"

레비나도 레비나지만 릴스타인이 진짜 문제다.

"남은 초인급 소드하이어만 해도 80명이라……."

시한 역시 레비나와 같은 결론을 내리고 있었다.

"어차피 지구인을 불러서 써먹는 거니까 저 80명이 전부라는 보장 따윈 어디에도 없겠지?"

대체 얼마나 많은 지구인들을 소환한 걸까? 그리고 그 지구인들의 전력은 대체 어느 정도일까?

현재까진 초인급 소드하이어만 선보였지만, 성시한이 지닌 지구인의 특성 중엔 압도적으로 빠르게 마력을 쌓고 마법 흐름을 베끼는 능력 역시 포함되어 있다.

즉, 릴스타인은 어쩌면 플로어 마스터조차도 양산할 수 있을지도 모른다!

"그렇지는 않을 거 같은데요."

뭔가 생각한 알리타가 반론을 제기했다.

"제가 마법에 대해 잘 모르긴 하지만, 어쨌거나 지금 릴스타인은 지구인들의 이성을 마비시켜 부리고 있잖아요? 인형처럼."

그렇게 하지 않으면 성시한에게 목 잘린 광제의 운명이 남의 일이 아니게 될 테니까. 릴스타인은 결코 지구인들에게 자유로운 의지를 주진 않을 것이다.

"그런데 지성이 없는 마기언이라는 게 존재할 수가 있나요?"

소드하이어야 신체 능력과 투기술만으로 날뛰게 하는 것이 가능하겠지만 마기언의 마법은 철저하게 두뇌적인 측면에서 나온다.

"이성이 없는데, 마법 술식을 외워서 마법을 쓰게 할 수 있는 거예요?"

성시한은 그럴 수 있다고 보았다.

"어느 정도는 가능할 것 같아. 투기술처럼 마법 역시 마찬가지로 강제로 세뇌해서 정해진 것만 외우게 한다면……."

플로어 마스터는 될 수 없겠지만, 플로어 마스터급의 마법 몇 개만을 펑펑 쏘아대는 마법 발사기로서는 존재할 수 있다. 당장 과거의 성시한이 비슷했으니까.

"아, 그럴 수도 있겠네요."

"그렇다 해도 별로 가능성이 없긴 해."

시한 역시 저 가능성에 대해 생각했고, 또 켈테론과 의논해 보기도 했다. 둘의 결론은 같았다.

"릴스타인이라면, 굳이 지구인에게 마법의 힘까지 주지는 않았을 테니까."

마법과 투기술은 상황이 좀 다르다.

마법의 힘으로 릴스타인은 지구인을 소환하고 또 지배했다. 지구인이 마력을 지니게 된다면 혹여 그의 지배를 벗어날 가능성이 생길 수도 있는 것이다.

물론 릴스타인의 실력을 생각하면 그럴 확률은 높지 않을 것이고, 필요하다면 방법을 찾을 능력도 충분하겠지만…….

"그 인간 성격에 그런 위험 요소를 무시할 것 같진 않아. 지금도 사실 전력은 충분하잖아?"

아무리 사소한 리스크라도 가능하면 피하고 싶어 하는 것이,

성시한이 아는 릴스타인의 사고방식이었다.

"뭐, 이것도 십 년 전의 이야기지만. 확인해 보기 전에는 아무것도 장담할 수 없지."

일단은 상대의 전력을 제대로 파악하는 것이 최우선이다. 그것이 선행되어야 뭘 해도 한다.

그래서 라텐베르크 왕국은 물론, 테오란트 왕국과 이나시우스 교국 역시 정보망을 총동원해 릴스타인 왕국을 염탐하고 있었다.

"켈테론이 최선을 다하고 있으니 어느 정도는 파악할 수 있겠지. 문제는 그 파악된 전력을 과연 상대할 방법이 있느냐는 건데……."

심각한 표정으로 시한이 생각에 잠겼다. 역시 초인급 소드하이어가 100명쯤 되니 아무리 이계구원자라도 상대하기 암담한 수치다.

알리타도 고개를 끄덕이며 안색을 굳혔다.

"소환된 지구인들, 그들을 어떻게 구할지도 문제겠네요."

지구에서 잘살다가 갑자기 납치당한 가련한 사람들이다. 같은 지구인으로서, 성시한이 그들을 그냥 무시할 리가 없다.

그런 생각에서 한 말이었는데 알리타를 돌아본 시한의 표정이 어색해졌다.

"응? 아, 그렇지. 그들도 구해야지……."

"그들'도'?"

어째 어미(語尾)가 좀 이상하다?

"설마 거기까진 생각 안 하고 있었어요?"

"그, 그게……."

솔직히 말하면, 생각 안 하고 있었다!

사파란의 죽음에만 정신이 팔려 있었던 것이다. 덤으로 강해진 릴스타인의 전력을 어떻게 뚫고 복수를 성공시킬지만 궁리하고 있었을 뿐.

"와, 나란 놈은 도대체……."

그 사실을 깨달은 성시한은 아연실색했다. 어떻게 자신이 저당연한 걸 이제껏 생각하지 않았는지 어처구니가 없을 정도였다.

처음 저 사실을 깨달았을 때 그토록 분노했으면서도!

게다가 릴스타인이 저런 짓을 저질렀다는 건, 이제 곧 테라노어 전역에 다시 전쟁이 일어난다는 확실한 전조다.

그로 인해 죽어갈 죄 없는 테라노어의 시민이 얼마나 많을 것이며, 그 참상은 얼마나 끔찍할 것인가?

그런데 자신은 고작 개인의 복수에 얽매여 아무것도 염두에 두지 않고 있었다.

"…진짜 한심하군, 이건 완전히 인간 실격이잖아."

자괴감에 빠져 시한이 땅바닥에 털썩 주저앉았다. 그간 자기 자신이 싫었던 적은 충분히 많았지만, 그래도 이번만큼 싫어진

적은 처음이었다.

한심하고, 실망스럽고, 어이없고, 경멸스럽다.

"젠장……."

머리를 감싼 채 자책하는 그를 보며 알리타는 실소를 흘렸다.

'풋!'

시한이 왜 저러는지는 알겠는데, 솔직히 저런 모습에 실망을 느끼기엔 평소에도 그렇게 대단한 모습을 보여주진 않았거든?

"실격은 실격이네요. 영웅 실격."

"자, 잔인하네."

시한은 질린 얼굴로 알리타를 돌아보았다. 자신이 잘한 게 없다는 건 알지만, 그래도 그렇지 위로는 못 할망정 관 뚜껑 덮고 못질을 하다니?

"뭐, 그런 말을 들어도 싸긴 하지만."

그때 알리타가 태연하게 질문을 이었다.

"그런데 그게 인간으로서도 실격인 건가요?"

"응?"

"그럼 개인적인 일은 무조건 뒤로하고, 대의만을 바라보며, 스스로의 감정을 죽이고 오직 올바른 길만을 걸으며 흔들림 없는 마음을 가져야만 인간으로서 합격인 거예요? 전 별로 이것도 인간미 있어 보이진 않는데요? 영웅답기야 하겠지만."

성시한은 멀뚱히 눈을 깜빡였다. 알리타가 눈을 빛냈다. 살짝 흥분한 목소리가 그녀의 입술을 통해 흘러나왔다.

"제가 본 시한은 그런 비인간적인 영웅은 아니었어요."

알리타가 아는 성시한은 평범한 청년이었다. 틀림없이 영웅적인 행위를 했고, 영웅적인 업적을 남기긴 했지만, 여전히 평범한 인간이었다.

그래서 좋았다.

소녀의 입가에 자기도 모르게 부드러운 미소가 떠올랐다.

"만약 시한이 책에서 읽은 대로의, 아무런 인간미가 느껴지지 않는 그런 영웅이었다면 제가 반하지도 않았을걸요?"

실로 자연스럽게 흘러나온 말이었다. 지나치게 태연하게 이어진 목소리였다.

그래서 성시한은 잠시 눈치채지도 못했다.

"아, 그게 그렇게 되나……. 응?"

잠시 후에야 단어가 이해가 갔다.

'잠깐, 반하다니?'

알리타가, 나를?

"저기, 알리타. 조금 전에 뭐라고?"

알리타가 팔짱을 꼈다. 전혀 놀라지도, 당황하지도 않은 태도로 천연덕스럽게 말을 잇는다.

"뭐가 이상해요? 시한은 잘생겼고, 성격도 좋고, 책임감도 나름대로 있는 편이고, 저한테도 잘해주잖아요? 알고 보면 귀여운 면도 꽤 있고."

"에, 그, 그러니까……."

당황해 어버버거리는 성시한과는 정반대의 태도.

"별로 의미 둘 건 없어요. 그냥 지금의 시한도 충분히 괜찮은 사람이란 소릴 하고 싶었을 뿐이지."

열 살 넘게 연하인 주제에, 마치 열 살 이상의 누나인 것처럼 차분함을 잃지 않는다.

"시한이 저 지구인들에 대해 잊어버린 건 탓할 게 못 돼요. 그들을 다시 떠올리고도 아무것도 못 느꼈다면 인간 실격이겠지만……."

하지만 성시한은 자괴감을 느꼈고, 일단 깨달은 이상 저들을 구해야 한다고 생각했다. 그것은 충분히 인간적인 모습이다.

"그러니 시한은 자신의 길을 가세요. 개인적인 복수라고 해도 딱히 문제 있나요? 그 복수의 대상이 지금 테라노어를 말아먹으려 할 판인데."

허리에 손을 얹은 채 알리타는 선언하듯 말했다.

"개인적인 복수를 하고 나면 세상도 구해지는 거잖아요? 야, 좋네. 꿩도 먹고, 알도 먹고."

멍하니 시한은 고개를 끄덕였다.

알리타가 하늘을 올려다보며 힐끔 태양의 위치를 살폈다.

"어휴, 너무 놀았다. 슬슬 저도 수련장으로 돌아갈게요."

"아, 웅."

가벼운 발걸음으로 호숫가를 떠나는 그녀의 뒷모습을 성시한은 그저 넋 나간 사람처럼 지켜볼 뿐이었다.

딱히 당황한 기색도, 부끄러워하거나 주저하는 느낌도 없었다. 시한이 아는 '여성의 고백'과는 뭔가 분위기가 판이하다.

'분명 예전에 레비나가 고백할 땐 이런 분위기는 아니었던 것 같은……'

머리를 긁적이며 시한이 중얼거렸다.

"…그냥 해본 소린가?"

문득 성시한은 피식 웃었다.

잘 모르겠지만 하나 좋은 점은 있었다.

덕분에 사파란의 죽음이 주는 우울함에서는 살짝 벗어난 기분이었다.

＊　　　＊　　　＊

오늘도 디나는 열심히 수련을 하고 있었다.

언젠가 한 사람 몫의 소드하이어로서, 기사로서 우뚝 서기 위해 제논의 밑에서 열심히 검술을 갈고닦는다!

그렇게 몇 시간에 걸친 수련이 끝나고, 제논과 둘이서 연무장을 지나가던 중이었다.

저 멀리서 수행 중인 알리타가 보였다.

갑옷도 입지 않고 한 자루 검만을 든 채, 예리한 투기검을 발하며 매서운 칼춤을 추고 또 춘다.

평소보다 훨씬 격렬하고 열정적인 검무였다. 심지어 기합 소리조차도 좀 달랐다.

"으아아아아아!"

그 광경을 본 제논이 감탄을 흘렸다.

"호오! 열심이로군, 알리타."

제논 눈에, 그 모습은 자신의 한계를 극복하려는 전사의 처절한 몸부림으로 보였다.

'나도 뒤처질 순 없지! 더 노력해야겠다!

하지만 디나의 눈에는 전혀 다른 광경으로 비쳐졌다.

'어머? 마스터 언니에게 무슨 일 있었나? 왜 저렇게 쪽팔림에 몸부림치고 계시지?'

맑은 겨울 하늘 아래, 다른 건 몰라도 처절한 것만은 틀림없는 소녀의 기합 소리가 사정없이 울려 퍼지고 있었다.

"아으아으아으아아~!"

Chapter 4

왕의 귀환

사파란 왕국을 병합한 릴스타인은 온 대륙에 선포했다.

─하나였던 테라노어가 여섯으로 쪼개지며 분쟁이 생기고 불행이 끊이질 않았다. 이제 짐이 이 모든 것을 종식시키려 한다. 이나시우스, 팔로스, 라텐베르크, 테오란트의 4국에 명하노니, 진실한 세상의 왕에게 복종하라.

오만하기 그지없는 선언이었다. 당연히 이를 받아들일 나라는 없었다.

팔로스 왕국의 레비나 여왕은 무시로 일관했다.

이나시우스, 라텐베르크, 테오란트 삼국은 보다 적극적으로 의견을 표명했다. 카렌 여왕을 주축으로 삼국의 군주가 합동 성명을 발표했다.

―우리는 또 다른 광제의 존재를 받아들일 수 없다. 어리석고 오만한 릴스타인에게 고한다. 무의미한 야욕을 버리지 않는다면 삼국은 그대에게 맞서 함께 싸울 것이다!

그들의 결의를 향해, 릴스타인은 조소를 보냈다.

―그럼 함께 멸망하라.

＊　　　＊　　　＊

소년은 나무 탁자 아래 숨어 있었다.

'헉, 헉……'

심장이 미친 듯이 뛴다. 희미한 호흡이 마치 천둥처럼 귓가를 때린다. 공포가 뇌리를 잠식해 눈앞을 검게 물들인다.

'어, 엄마……'

소년은 눈을 감았다. 그리고 양손으로 귀를 막았다. 그리함으로써 사방에서 들려오는 폭발과 비명을 외면하고자 했다.

'여기라면 괜찮을 거야.'

방구석에 숨어 소년은 애써 희망을 떠올렸다.

아름드리 거목을 짜 만든 이 탁자는 몽둥이로 두드려도 금한 번 가지 않는 튼튼한 물건이었다. 소년의 등을 받치고 있는 석벽은 잘 구운 벽돌로 쌓아올려 단단하기 그지없었다. 천장역시 소년이 태어나기도 전부터 거친 비바람을 막아준 믿음직한 보금자리였다.

'여기라면 괜찮을 거야.'

빛이 번뜩였다. 찬란하게 빛나는 눈부신 붉은 섬광이.

탁자와 벽과 천장이 사라졌다. 머리 위로 회색빛 연기가 맴도는 하늘이 드러났다.

그 빛은 적색 갑주를 걸친 한 명의 기사로부터 말미암은 것이었다. 손에 쥔 평범한 장검, 그 칼날에 깃든 파괴의 빛이 단일검에 수십 년을 버텨온 석조 건물을 두 동강 내버렸다.

비현실적인 광경을 연출한 적색 기사가 고개를 돌렸다. 붉은투구 사이로 보이지 않는 시선이 소년을 응시했다.

소년은 공포에 질려 벌벌 떨었다.

"아, 아아아……."

적색 기사가 말없이 검을 들었다. 그때 누군가의 외침이 들려왔다.

"자, 잠깐! 기사님! 상대는 그냥 아이일 뿐……!"

적색 기사는 그 외침을 무시했다.

그가 받은 명령은 '카곤 시티의 인간을 말살하라.'는 것이었다.

이 아이는 카곤 시티에 살고 있었고, 인간이었다.

그러므로 말살한다.

"아아악!"

비명과 함께 아이의 몸이 둘로 쪼개졌다. 찢어진 가죽 주머니처럼 핏물이 흘러나와 바닥을 흘렀다.

"맙소사!"

그 광경을 지켜본 릴스타인 왕국군 소속, 제3소대장 바르토스는 비통에 얼굴을 감싸 쥐었다.

'죽일 필요도 없는데 왜?'

그러나 바르토스는 따지지 못했다.

상대는 초인급 소드하이어, 바르토스 따윈 손가락 하나만으로 박살 낼 수 있는 괴물이었다. 그런 자를 상대로 감히 항변을 할 배짱은 없었다.

특히나 상대가 한 줌의 인간미조차 보이지 않는 전투 병기라면 더더욱!

아군의 공포 어린 시선 속에서 적색 기사는 계속 명령을 수행했다.

보이는 모든 것을 베고, 파괴하고, 말살한다.

이 도시에 투입된 10인의 적색 기사 모두가 같은 행위를 반복하고 있었다. 그 속에서 카곤 시티는 처절하게 무너져 내렸다.

그렇게 수차례의 위기 속에서도 중립을 지켜온 카곤 시티는 릴스타인 왕국의 산하로 떨어졌다.

*　　　*　　　*

테오란트 왕국 서부 국경.

구 사파란 왕국과 인접한 눈 덮인 들판 위에 피보라가 불고 있었다.

"으아아악!"

"크어억!"

사방에 비명이 메아리친다. 테오란트 왕국 최강의 소드하이어, 백경기사단장 말루프는 거친 숨을 내쉬었다.

"허억, 허억⋯⋯."

그의 발치에 두 개의 붉은 투구가 나뒹굴었다. 투구 안에 든 것은 잘린 인간의 머리, 말루트를 상대하던 크림슨 나이츠의 것이었다.

홀로 2명의 초인급 소드하이어를 베었으니 실로 놀라운 전과다. 하지만 말루프의 표정은 전혀 밝지 않았다.

이를 악물며 그는 고통을 애써 참았다.

"큭, 크윽……."

크림슨 나이츠 둘을 벤 대가로, 그는 왼쪽 팔꿈치 아래를 잃어야 했다. 투기로 간신히 지혈하긴 했지만 통증과 출혈로 인해 계속 싸우긴 힘든 상태다.

그런데 아직도 릴스타인의 적색 기사, 크림슨 나이츠는 여덟 명이나 더 있었다.

"젠장!"

욕설을 터뜨리며 말루프는 뒤로 물러났다.

이미 승패는 결정된 것이었다. 테오란트 왕국의 정병 대부분이 죽었고, 백경기사단도 절반 이하로 줄어들었다. 더 이상 싸워봐야 결과는 전멸일 뿐.

피를 토하는 심정으로 그는 고함을 터뜨렸다.

"후퇴! 모두 후퇴하라!"

*   *   *

자신의 명을 거역한 삼국을 향해 릴스타인은 가혹한 철퇴를 내리쳤다.

20여 기의 홍룡기사단이 5,000의 군세와 100여 명의 소드하이어, 80의 전투 마기언을 이끌고 출진했다.

타국과 전쟁을 벌이기엔 사실 좀 부족한 숫자다. 하지만 여기에 크림슨 나이츠 10인이 포함되면 전혀 이야기가 달라진다.

10인의 초인급 소드하이어를 앞세워 릴스타인 왕국 남부군은 카곤 시티로 향했다.

이나시우스 교국은 바로 원군을 보냈다. 카곤 시티는 교국과 릴스타인 왕국 사이의 교두보, 이 도시가 함락되면 바로 국경이 위태로워지는 것이다.

그리고 처참하게 패했다.

2차 카곤 전쟁을 승리로 이끈 프레이어 호트렌이었지만, 사실 그 승리의 주역은 그가 아니라 창천기사단이었다. 이나시우스 교국 단독으로는 도무지 저 무식하리만치 강력한 침공을 막을 도리가 없었다. 그나마 크림슨 나이츠 2명을 벤 것, 백금위의 호트렌을 잃지 않은 것이 유일한 위안이었다.

카곤 시티가 함락되었음에도 동맹인 테오란트 왕국과 라텐베르크 왕국은 원군을 보내지 않았다.

정확히 말하면 보낼 수가 없었다. 그들 역시 비슷한 처지였으니까.

릴스타인의 침공은 카곤 시티에 국한되지 않았다. 삼국을 대상으로 동시에 일어났다.

10인의 크림슨 나이츠와 4,500의 병력이 테오란트 왕국의 국경을 넘었다. 용맹한 북부의 전사들도, 이름 높은 백경기사단도 열 줄기 투기강의 빛 앞에선 그저 죽어갈 뿐이었다.

국경 지역의 성 네 개를 빼앗기고 비참하게 패주하며 그나마 남은 병력을 보전하는 것이 한 팔을 잃은 하이어 말루프가 할 수 있는 최선이었다.

이나시우스 교국도, 테오란트 왕국도 수적으로 열세인 릴스타인 왕국군에게 영토를 빼앗기고 계속 후퇴했다.

점령한 지역의 지배를 굳히느라 릴스타인 왕국군의 진군이 빠르지 않아 간신히 전력을 추스를 여유는 있었지만 이대로라면 수도까지 밀리는 것은 시간문제였다.

라텐베르크 왕국 역시 국경 지대에서 크림슨 나이츠를 앞세운 6,000의 릴스타인 왕국군을 맞이했다.

그러나 결과가 달랐다.

라텐베르크 왕국군은 패하지 않았다. 릴스타인 왕국의 침공에 맞서 싸우며, 오히려 승리하기까지 했다.

그들에겐 라텐베르크 호국공(護國公), 켈테론 후작이 이끄는 켈테론 기사단이 있는 것이다!

＊　　　＊　　　＊

대머리 사내가 화살을 시위에 재며 어이없다는 표정을 지었다.

"살다 살다 참 별일을 다 보겠어…… 어쩌다 그 인간이 호국 공씩이나?"

쌍검을 움켜쥐며 여인이 어깨를 으쓱였다.

"할 수 없잖아요? 시한 대장은 드러나면 곤란하고."

"그야 그렇지만."

우드로우와 비렛타는 서로를 보며 쓴웃음을 지었다. 우드로 우가 고개를 돌렸다.

"자, 그럼 오늘도 맹수 사냥을 나가볼까!"

켈테론 기사단 20기가 전장을 질주한다. 그들을 100여 명의 흑사자 기사와 소드하이어들, 그리고 5,000의 병력이 뒤따른다.

들판 저편에 진을 치고 있던 릴스타인 왕국군도 응전했다. 군대와 군대가 충돌해 요란한 금속음을 울렸다.

적군의 선두에 선 적색 기사들을 보며 비렛타가 쌍검을 움켜 쥐었다.

"나왔네요. 말 못 타는 척하는 양반들."

6인의 크림슨 나이츠가 투기강을 휘두르며 전열로 뛰어든다. 투기와 살기가 어쩌나 매서운지, 양 떼를 노리는 늑대조차도 저 들에 비하면 온건해 보일 지경이다.

하지만 '양 떼'는 두려워하지 않았다. 지금 그들에겐 신뢰할 수 있는 '양치기 견'이 있었다.

"진천기, 벽력!"

투기를 실어 우드로우가 화살을 쏘아냈다. 창천기사단 역시 발맞춰 움직였다.

오랜 경험대로 초인급 소드하이어를 포위하고 계속 진퇴를 반복하며 깔짝깔짝 성질을 긁는 데만 주력한다!

"크아아아!"

과연 적색 기사들의 투기가 병사들을 무시한 채 눈앞의 창천 기사들에게 집중되었다.

계속해 화살을 쏘며 우드로우는 말을 몰았다. 혼란스런 전장을 가로지르며 천천히, 신중하게 들판 서쪽에 위치한 숲으로 적색 기사들을 유인한다.

잠시 후, 창천 기사 셋이 대열을 이탈해 숲으로 달아났다.

적색 기사 셋 역시 창천 기사들을 쫓아 숲으로 뛰어들었다. 그들을 보좌하던 기사와 병사 일부도 허겁지겁 뒤를 쫓았다.

그 광경을 지켜보며 우드로우는 빙그레 웃었다.

"자, 세 놈 보냅니다, 대장."

*   *   *

오래된 고목들 사이에 서서 성시한은 고개를 끄덕였다.

"왔군."

그 곁엔 알리타와 제논, 그리고 창천기사단 10명뿐이었다. 이들에겐 공통점이 있었으니, 전원 시한의 진짜 정체를 안다는 것이다.

"그럼 평소대로 한다, 다들."

그들을 돌아보며 시한이 말했다. 알리타와 제논이 긴장한 얼굴로 고개를 끄덕였다.

"네."

"알겠습니다, 시한."

은빛 갑옷을 걸친 알리타, 갈색 가죽 갑옷 차림의 제논이 몸을 날렸다. 10인의 창천 기사들도 그들과 함께 숲을 질주했다. 적색 기사를 따르는 병력을 도중에 차단해, 저들을 분단시키기 위함이었다.

숲속 곳곳에서 전투가 벌어졌다.

"타아앗!"

"으아아!"

곧이어 창천 기사 3인이 성시한이 서 있는 곳에 나타났다. 그들을 쫓던 3인의 적색 기사와 함께.

창천 기사들이 그를 지나치며 외쳤다.

"부탁합니다, 대장!"

성시한의 전신으로 푸른 투기가 피어올랐다. 적색 기사들이 추적을 멈추고 고개를 돌렸다.

"크르르……"

더 이상 창천 기사를 쫓을 수가 없었다. 무시하기엔 너무도 강렬한 존재감이었다.

검을 고쳐 쥐며 3인의 적색 기사가 성시한을 포위했다. 등 뒤를 내줬음에도 불구하고 시한은 개의치 않았다.

여긴 보는 눈이 없다.

그러니 전력을 다해도 아무 문제가 없다.

"죄송합니다, 누군지 모를 지구인 여러분."

혼잣말을 중얼거리며 그는 디재스터를 뽑아 들었다. 단검 형태의 디재스터가 장검으로 변하며 푸른 투기강을 발했다.

"되도록 당신들을 구하려 노력해 보겠습니다만……."

우울한 표정으로 그는 디재스터를 허공에 띄웠다.

"…상황이 여의치 않네요."

찬란한 금빛 광채가 시한을 뒤덮었다. 동시에 열두 자루의 빛의 검이 그의 주위를 맴돈다.

"무신기, 십이지검."

황금의 광검이 숲속을 누비며 화려한 윤무를 시작했다.

*　　　*　　　*

라텐베르크 정벌군 대장, 하이어 젤타인의 안색이 창백해졌다. 손에 쥐고 있는 홀을 통해 정보가 흘러들어 온 탓이었다.

'젠장! 이번에도 또?'

릴스타인이 직접 내려준 마법의 홀, 크림슨 나이츠를 지휘할 수 있는 이 마도구를 통해 젤타인은 적색 기사들의 죽음을 실시간으로 파악할 수 있었다.

'적색 기사 3인이 죽었다!

아무리 부실하다곤 해도 명색이 초인급 소드하이어, 젤타인 정도는 십여 명이 달려들어도 털끝 하나 건드리지 못할 절대 강자인데 이렇게 쉽게 죽다니?

오늘의 전투만이 아니었다. 그동안 잃은 크림슨 나이츠가 벌써 4명이었다.

오늘 잃은 3인까지 합치면, 라텐베르크에 투입된 10인 중 남은 건 3명뿐이다.

당황하며 젤타인은 지휘를 내렸다.

"후퇴하라! 전열을 갖추고 헬림 성으로 돌아간다!"

릴스타인 왕국군이 천천히 대열을 뒤로 물렀다.

라텐베르크 측은 후퇴하는 적을 뒤쫓지 못했다. 저들의 퇴로를 3인의 적색 기사가 보호하고 있는 탓이었다.

화살을 연달아 쏘며 우드로우가 혀를 찼다.

"역시, 후퇴하기 시작하면 더 이상 낚이지 않는군."

적들을 섬멸하라는 명령일 때는 적색 기사들을 유인해 시한에게 '배달'할 수 있었다. 하지만 아군을 보호하라는 명령일 때는 유인이 불가능한 것이다.

그럼 처음부터 젤타인이 '아군을 보호하라.'는 식으로 명령을 내리면 되지 않겠냐 싶겠지만, 저 상태의 적색 기사들은 오직 주위 아군의 공격에 대해서만 반사적으로 반응하기 때문에 이렇게 퇴로를 확보할 때가 아니면 별 효용이 없다.

비렛타를 돌아보며 우드로우가 말했다.

"우리도 이만 물러가지."

멀어지는 라텐베르크 왕국군, 그중에서도 유독 무위를 떨친 이들을 바라보며 젤타인은 한숨을 쉬었다.

이 홀을 손에 쥐었을 때만 해도 절대적인 힘을 손에 넣은 기분을 느낄 수 있었다. 그 무엇도 그의 군세를 막지 못할 것 같았다.

"후우, 역시 창천기사단의 명성은 거짓이 아니었군."

초인급 소드하이어를 상대로도 밀리지 않으며 오히려 역습을 가해온다. 물론 숨통을 끊는 것은 같은 초인급 소드하이어, 기사단장 선 스테인의 몫이겠지만 그 과정을 이끌어내는 것은 창천기사단의 기량이다.

과연 과거 이계구원자 직속 부대, 대륙 최강이라 불리기에 손색이 없다.

'그런데 어째 좀……'

문득 젤타인은 의구심을 느꼈다.

기분 탓인지 그 '션 스테인'이 크림슨 나이츠와 직접 붙는 모습은 본 적이 없는 것 같았다.

어쩐지 따로 으슥한 곳으로 사라졌다가 한쪽만 시체가 되어 나오는 것 같은 느낌?

'하지만 내 수준으로 전장을 전부 파악할 수도 없으니……'

그러고 보면 창천기사단의 저 성과도 좀 이상했다.

크림슨 나이츠가 워낙 전투 능력이 불균형하다 보니 창천기사단의 경험에 밀려 오히려 당할 수도 있긴 했다.

그러나 이는 창천기사단에게 굉장히 운이 따라주어야 가능한 일이다. 그만큼 초인급 소드하이어의 능력은 강력하다.

'아무리 그래도 그렇지, 이렇게까지 계속 운이 따를 수가 있나?'

하지만 젤타인의 고민은 길지 않았다. 지금 느긋하게 고민이나 하고 있을 처지가 아니었다.

이제 크림슨 나이츠는 3인밖에 남지 않았다. 더 이상 전력상의 우위도 아니다.

'다음 전투에선 무조건 이겨야 한다!'

그러지 못하면 차라리 전투에서 목숨을 잃는 것이 나을 것이다. 초인급 소드하이어를 휘하에 10인이나 두고도 패장으로 돌아온 무능한 수하를, 릴스타인이 결코 관대히 용서하진 않을 테니까.

'설사 폐하께서 용서한다 해도 결과는 마찬가지.'

자신의 무능함이 만천하에 드러나고, 기사의 명예가 바닥까지 떨어질 테니 자살 외엔 남은 길이 없다.

말고삐를 쥔 채 젤타인은 이를 악물었다.

'승리하거나, 죽거나, 둘 중 하나뿐이다!'

성문이 열렸다. 한 무리의 기마대가 성안으로 들어섰다.

벌써 세 차례에 걸친 릴스타인 왕국군의 침공을 훌륭히 막아낸 라텐베르크의 구원자들, 켈테론 기사단이었다.

개선하는 켈테론 기사단의 위풍당당한 모습을 보며 국경 도시 르잘텍 성의 병사들은 경외의 표정을 지었다.

"오늘도 승리했다더군!"

"역시 창천기사단!"

특히나 병사들의 시선은 기사단의 선두에 선 흑발의 청년 기사, 선 스테인에게 쏠려 있었다.

"창천기사단도 대단하지만, 단장님이야말로 정녕 대단하지 않나?"

"과연 용병왕의 수제자다워. 저렇게 젊은 나이에 초인급 소드하이어라니……."

"그런데… 어쩐지 좀 느낌이 비슷하지 않아?"

"자네도 그 소문을 들었나?"

"소문이 괜히 도는 건 아니지."

병사들의 반응을 살피던 은빛 갑주의 여기사, 알리타는 살짝 인상을 썼다.

'아, 역시 오래 숨기기는 힘들겠네.'

켈테론 기사단장 션 스테인이 사실은 십 년 전의 혁명 영웅, 이계구원자 성시한일지도 모른다는 소문은 은근히 여기저기 퍼져 있었다.

물론 그 소문을 곧이곧대로 믿는 이는 많지 않았다.

션 스테인이 대단하긴 하지만, 그래도 이계구원자와 비교하면 수준이 크게 차이나는 것이다. 게다가 이계구원자가 정말 테라노어로 돌아왔다면 왜 굳이 정체를 숨기고 션 스테인으로 위장하겠는가?

그럼에도 저 소문이 가라앉지 않는 이유는 둘의 이미지가 너무 비슷하기 때문이다.

앞장선 성시한의 등을 보며 알리타는 상념을 이었다.

'그래도 최대한 숨길 수 있을 때까진 숨겨야겠지.'

지금까지 성시한이 정체를 숨긴 이유는 과거의 친구들, 혁명 6영웅이 그의 귀환을 알아차리고 서로 손을 잡을까 걱정해서였다.

하지만 더 이상 테오란트도, 젝센가드도, 사파란도 없다. 카렌 이나시우스는 충분히 신뢰할 수 있는 아군이 되었다. 그게 아니더라도 모든 힘을 잃었고.

남은 이는 릴스타인과 레비나 둘뿐, 이쯤에서 정체를 드러내도 사실 큰 문제는 없다.

적어도 얼마 전까진 그렇게 생각했다.

그러나 릴스타인이 본색을 드러내며 상황이 바뀌어 버렸다.

*　　　*　　　*

사파란의 사망 소식을 접한 켈테론은 성시한에게 진지하게 물었다.

"시한 님께서 크림슨 나이츠를 상대하신다면, 과연 몇 명이나 처리할 수 있을까요?"

전투가 무슨 룰이 있는 스포츠 경기도 아닌데 실제로 싸워보기도 않고 승패를 장담할 순 없다. 생각 못 한 변수가 생기면 초인급조차도 기사급의 검에 죽을 수 있는 것이 실전이니까.

그래도 대략적인 예상치는 있는 법이다.

잠시 고민한 시한이 대답했다.

"음, 무신급의 경지를 숨기지 않고 전력으로 투기술을 펼친다면… 카곤 시티에서 상대한 놈들의 실력을 기준으로 하면 대충 열댓 명까진 어떻게 되지 않을까?"

아무리 부실하다지만 초인급 소드하이어를 열댓 명이나 상대할 수 있다는 시점에서 성시한이 괴물은 괴물이었다.

심지어 이것이 그의 한계조차도 아니었다.

"마법까지 쓰면 한 서른 명? 거기까진 어떻게든 감당할 수 있을 것 같은데? 물론 배후에 창천기사단이 있어야 하고, 그래도 실수하면 어떻게 될지 모르지만. 나도 사람인데 싸우다 보면 실수 안 할 수 없지?"

켈테론이 감탄하며 고개를 끄덕였다.

"역시……."

실로 무시무시한 능력이었다. 한낱 개인의 무력이라곤 믿어지지 않는.

괜히 이계구원자의 명성이 십 년이 지난 지금도 테라노어를 진동시키고, 과거의 친구들이 그를 두려워해 배신한 것이 아니다.

문제는 저 엄청난 무력을 앞에 두고도 안심할 수 있는 처지가 아니란 점이었다.

"그럼 마흔 명이라면요?"

"…전력으로, 최선을 다하면 도주 정도는 가능하겠지."

"50명이라면 어떻습니까?"

"그땐 그냥 죽어야지. 방법 없잖아?"

"무극천광으로도 안 됩니까?"

켈테론의 질문에 성시한은 실소했다.

그야 크림슨 나이츠가 일렬종대로 나란히 서서 날아오는 무극천광을 멀뚱멀뚱 보고만 있다면 한 방에 쓸어버리는 것도 불가능한 이야기는 아닐 것이다.

"놈들이 무슨 볼링 핀도 아닌데 그럴 리가 있겠나?"

볼링 핀이 뭔지 잠깐 궁금했지만 켈테론은 묻지 않았다. 지금 저딴 거 신경 쓸 때가 아니었다.

"만약 크림슨 나이츠 80명이 동시에 덤벼든다면……."

시한이 두 손을 들었다.

"한 대여섯쯤 베고 나서 그냥 썰리겠지. 아무리 나라도."

성시한이 단신으로 30명을 상대할 수 있다고 해서, 80명이 덤비면 30명 죽이고 50명만 남길 수 있다는 뜻은 아니다. 원래 전투는 그런 식으로 돌아가지 않는다.

"뭐, 이것도 결국은 탁상공론일 뿐이야. 붙어보기 전엔 모르지. 놈들의 실력이 더 향상되지 말란 법도 없고."

시한의 말에 켈테론은 고개를 끄덕였다.

"아무래도 시한 님께선 앞으로도 선 스테인으로 행세하셔야 하겠군요."

릴스타인이 성시한의 귀환을 알아차리면 무조건 전력을 다할 것이다. 사파란을 상대로 그런 것처럼.

이계구원자의 무서움을 누구보다 잘 아는 릴스타인이다. 대륙의 통일보다 성시한의 척결을 우선시할 것은 뻔하다.

그러니 정체를 숨겨야 한다. 물론 언젠가는 들킬 수밖에 없겠지만, 그래도 최대한 시간이 허용할 때까진 크림슨 나이츠의 전력을 깎아내야 한다. 그렇게 릴스타인 주위의 전력을 줄여야 본인을 직접 치건 말건 할 수 있을 테니까.

"그것도 릴스타인이 소환한 지구인이 더 없다는 전제하의 이야기잖아?"

"알고는 있습니다만, 그렇다 해서 달리 대응이 달라지지는 않으니까요."

켈테론이 문득 부르르 떨었다.

시한은 실소했다. 어째 켈테론의 표정에 슬슬 공포가 올라와서 뇌를 마비시키는 징조가 보인다.

"자네가 걱정할 필요는 없어, 켈테론. 만일의 경우엔 위대하신 릴스타인 폐하 만만세를 외치면서 잽싸게 전향하라고. 전에 우리끼리 이야기했던 대로."

"하긴 그렇군요."

켈테론의 안색이 도로 평안해졌다. 그가 빙그레 미소 지었다.

"자신을 알아주는 주군을 만난 건 신하의 가장 큰 복이지요."

성시한도 마주 웃었다.

"너무 잘 알아서 문제지."

　　　　*　　　　*　　　　*

　전투를 마친 켈테론 기사단을 맞이한 것은 현 라텐베르크 왕국 최고의 영웅, 호국공 켈테론 후작이었다.

　쿠데타를 일으켜 폭군을 몰아내고 나라를 안정시켰으며, 이제 휘하 기사단으로 하여금 외적의 침공마저 막아냈으니, 국민 모두가 그의 영웅적인 업적을 칭송하고 있었다.

　르잘텍 성 앞의 광장에서 선 스테인은 자신의 주군을 향해 군례를 올렸다.

　"이기고 돌아왔습니다, 켈테론 후작님."

　"수고했다, 스테인 단장. 그대의 노고를 치하하노라."

　근엄한 얼굴로 자신의 염소수염을 쓰다듬으며 켈테론 후작은 거만하게 고개를 끄덕였다.

　"그럼 자세한 보고는 안에 들어가 받도록 하지!"

　수하들에게 휴식을 명한 뒤 선 스테인은 켈테론 후작을 따라 성안으로 들어갔다.

　전용 집무실에서 단둘이 독대하자마자, 당연하겠지만 켈테론의 태도가 싹 바뀌었다.

　"수고하셨습니다, 시한 님. 그런데 어째 표정이 안 좋으십니다. 역시 오늘도?"

"하아, 그래."

의자에 털썩 주저앉으며 성시한이 얼굴을 찡그렸다.

"오늘도 아무도 구하지 못했어. 빌어먹을!"

세 번의 전투를 통해 일곱의 크림슨 나이츠, 릴스타인에게 조종당하는 지구인을 베었다. 아무리 살인에 익숙한 성시한이라도 죄 없는 이들을 죽였는데 아무 느낌도 없을 리 없다.

처음엔 어떻게든 생포하려 했다. 하지만 방법이 없었다.

투기를 이용해 기절시키기엔 너무 강한 상대다. 그렇다고 지치게 만들어 사로잡을 만큼 전장의 상황이 여유로운 것도 아니다. 너무 시간을 오래 끌면 그만큼 소중한 부하들의 목숨이 위험해진다.

그래서 성시한은 독하게 마음먹고 크림슨 나이츠의 팔이나 다리를 잘라 무력화시키려 했다. 죄 없는 지구인을 장애인으로 만드는 꼴이 되겠지만, 그래도 죽는 것보단 나을 테니까.

그조차도 불가능했다.

이성을 잃고 날뛰는 크림슨 나이츠는 팔다리 한둘 잃은 정도론 멈추지 않았다. 사지를 잘라 봐야 출혈로 인해 더 빠르게 죽어갈 뿐이었다.

포박 마법으로 팔다리를 묶어 무력화시키는 시도도 해봤지만 효과가 없었다.

초인급 소드하이어쯤 되면 의지만으로 허공에 투기강의 칼날을 형성하는 것이 가능하다. 묶인 크림슨 나이츠는 투기강으로 자신의 팔다리를 잘라가면서까지 계속 덤벼들었다. 스스로의 몸을 돌보지 않는 광전사들을 상대로 생포는 불가능했다.

"방법을 찾아야 하는데……."

근심하는 성시한을 보며 켈테론은 침묵을 유지했다.

잠시 후, 시한이 화제를 돌렸다.

"그러고 보니 당분간 르잘텍 성에 머문다고?"

"네, 이곳에서 처리할 일이 있으니까요."

라텐베르크의 재상인 켈테론이 직접 이곳, 국경 도시 르잘텍까지 온 것에는 이유가 있었다. 전장에 나선 켈테론 기사단의 노고를 치하하고 병사들의 사기를 높이는 한편, 릴스타인 왕국의 침공으로 인해 흐트러진 민심을 안정시키는 것이 목적이었다.

물론 저 이유만으로 겁 많은 켈테론이 굳이 위험한 전장까지 왔을 리는 절대 없고, 사실 진짜 목적은 따로 있었지만.

"하아, 전언 마법을 못 쓰니 불편하군요."

"할 수 없지. 믿을 만한 마기언을 구할 수가 없으니."

전언 마법을 사용하기 위해선 양측에 8층 수준의 마기언이 필수다. 문제는 라텐베르크 왕국에 그 정도 인재가 없다는 점이다.

현재 4대 상아탑은 전부 릴스타인의 영향력하에 놓여 있었다. 공식적으로는 적과 백의 상아탑 둘만 릴스타인의 휘하이고, 흑과 청의 상아탑은 중립을 표방하고 있었지만 신뢰할 수 없다는 점만은 분명했다.

라텐베르크 왕국에 충성을 다하는, 믿을 수 있는 마기언이 없는 것은 아니다. 하지만 그중 8층 수준까지 오른 고위 마기언이 없다.

그 상황에서 가장 중대한 비밀인 성시한의 정체를 드러내며 전언 마법을 통해 대화를 나눌 순 없는 것이다.

켈테론 쪽에서 일방적으로 성시한에게 정보를 보낼 수는 있으니 큰 문제는 없지만, 그래도 이렇게 한 번쯤은 직접 대면해 의견을 나눌 필요가 있었다.

"덕분에 흑사자 기사들은 불만이 많더군요. 자신들도 전장에 나가고 싶다며."

켈테론의 말에 시한이 피식 웃었다.

"무시해, 지금 내겐 그들보다 자네의 머리가 더 소중하니까."

전장으로 몸소 향하는 켈테론을 위해 라텐베르크 왕국은 최고의 대접을 해주었다. 흑사자 기사 50명이 오직 그의 호위만을 위해 차출되었고, 추가로 1,000명의 병력이 배치되었다.

이 정도의 전력을 고작 사람 한 명 지키는 데 쓰다니, 일견 어처구니가 없어 보이겠지만, 의외로 왕실의 신하들은 전원 찬성표를 던졌다.

아인츠 1세의 말이 저들의 심정을 대변하는 것이었다.

'켈테론 재상의 머리를 정상적으로 돌아가게 만드는 데 흑사자 50명이면 충분히 싸다!'

키득거리며 성시한이 라텐셀 쪽 방향을 바라보았다.

"아인츠 국왕도 의외로 그대를 잘 파악하고 있는데?"

"젝센가드와는 전혀 다른 분이잖습니까?"

켈테론이 테이블에 지도를 펼쳤다. 가장 최신의 대륙 전황을 보고하기 위해서였다.

"현재 테오란트 왕국은 마하미 지역에서 릴스타인 왕국군과 대치 중입니다. 병력의 절반 이상을 잃었지만, 그래도 아직까진 더 밀리지 않은 상태입니다."

이나시우스 교국 역시 상황은 비슷했다.

카곤 시티를 잃고 많은 피해를 보았지만, 교국 서부 국경에 방어선을 굳히고 침공한 릴스타인 왕국군과 일진일퇴를 거듭하고 있다.

서류에 적힌 수치를 보며 시한이 한탄을 터뜨렸다.

"피해가 크군. 도대체 몇 명이 죽은 거야, 이거?"

그래도 기대했던 것보다 다들 잘 버텨주고 있다. 성시한은 안도의 한숨을 쉬었다.

그때 켈테론이 안색을 굳혔다.

"제가 시한 님을 찾아뵌 이유가 이것입니다. 다들 너무 잘 버티고 있습니다."

*   *   *

시한은 지도와 서류를 번갈아 살폈다. 그리고 고개를 갸웃거렸다.

"이 상황이 이상한가?"

릴스타인의 크림슨 나이츠는 분명 강력하다. 하지만 기량의 측면에 손색이 분명히 있다.

그걸 감안하고 릴스타인 왕국군과 이나시우스, 테오란트 왕국군의 전력을 비교해 보면…….

"충분히 가능해 보이는데?"

전황을 검토한 시한의 결론은 이것이었다.

릴스타인 왕국군은 이길 만해서 이겼고, 양국의 군대는 버틸 만해서 버텼다.

"이게 뭐가 이상하다는 거지?"

"전황 자체가 이상하다는 건 아닙니다."

켈테론 역시 그 점에 있어서는 시한과 의견이 같았다. 그가 의문을 품은 것은 좀 더 거시적인 부분이었다.

"이 상황 자체가 이해가 좀 안 가서 말입니다."

사파란과의 전투를 통해 릴스타인은 100명의 초인급 소드하이어를 선보였다. 그리고 사파란에게 20을 잃었다.

이후 그는 80인의 크림슨 나이츠 중 10인을 왕도 아올라드에 만일을 대비한 억제력으로 남기고, 40명을 자신의 보호 병력으로 돌렸다. 그리고 남은 30인을 10인씩 나눠 테오란트와 이나시우스, 라텐베르크 삼국의 침략 병력으로 써먹었다.

여기서 성시한은 한 가지 가설을 세울 수 있었다.

"상상을 초월하긴 했지만, 그래도 릴스타인의 지구인 소환에 한계는 있었던 모양이네."

자신의 안위를 최우선으로 여기는 릴스타인의 성격상 전력의 절반을 보호로 돌린 것은 이상하게 볼 부분이 아니다.

"하지만 만약 이후에도 다시 지구인을 소환해 전력으로 쓸 수 있었다면 굳이 40명이나 남기진 않았을걸? 일단 전장에 내보내고 그사이 새 초인급을 양성했겠지."

켈테론도 동감이었다.

"제가 릴스타인 입장이라 해도 최대한 지구인을 소환할 수 있는 데까지 모조리 소환한 뒤, 그들의 모든 기량을 최고조로 올리고 나서야 일을 저질렀을 테니까요."

지구인 소환에 뭔가 제한이 없다면 굳이 이 시점에서 전쟁을 시작할 필요는 없다. 고작해야 몇 달을 못 기다릴 정도로 릴스타인은 조급한 처지가 아니다.

"한계는 분명히 있다고 봅니다. 사파란 왕국에서 선보인 100

명이 소환 최대치든가, 아니면 매달 소환 가능한 인원이 정해져 있어 원하는 만큼의 병력이 모인 시점이 지금이라든가."

어느 쪽이건 당장 릴스타인이 부릴 수 있는 지구인의 숫자가 80명 정도라는 건 의심할 여지가 없어 보였다. 보이는 행보가 그러하니까.

문제는 그 이후였다.

"대체 릴스타인이 왜 삼국을 동시에 공격했는지를 모르겠습니다."

초인급 소드하이어가 10명이라면 이는 분명 엄청난 전력이다. 나라 하나를 멸망시키기에 충분할 만큼.

실제로 라텐베르크를 제외한 이나시우스, 테오란트 양국은 저 전력 앞에서 수많은 군대와 기사들을 잃고 간신히 버티고 있는 신세였다.

"하지만 틀림없이 버티고는 있지요. 그나마 버틸 만했으니까."

그리고 그 대가로 현재 릴스타인은 초인급 소드하이어를 11명이나 잃었다.

이나시우스 교국에서 2명, 테오란트 왕국에서 2명, 그리고 라텐베르크 왕국에서 7명.

"아마 7명이나 잃을 거라곤 생각지 않았을 겁니다. 그래도 대여섯 정도의 손해는 감수했겠지요."

켈테론이 도무지 이해가 안 간다는 표정을 지었다.

"왜 그랬을까요?"

"왜 그랬냐니?"

"저 같으면 삼국을 동시에 노리지 않았을 겁니다. 그냥 크림슨 나이츠 30명을 한꺼번에 우리 나라 테오란트 왕국에 투입하면 훨씬 간단히 이길 수 있었을 텐데요?"

카렌이 있는 이나시우스 교국이라면 모를까, 젝센가드와 테오란트를 잃은 양국에 초인급 소드하이어가 30명이나 몰려오면 버티고 말고 할 것도 없다. 아무것도 못 한 채 항복할 수밖에 없겠지.

"물론 실제론 이나시우스 교국이 항복하고 오히려 라텐베르크 왕국은 버텼겠지만, 릴스타인은 카렌 여왕의 현 상태나 시한 님의 존재를 모르니까 저렇게 판단하는 게 맞겠지요."

이런 식으로 삼국을 순서대로 하나하나 점령해 버리면 그만인 것이다. 이쪽이 전술적으로 훨씬 유리하다.

"도무지 제 상식으론 이해가 가지 않습니다."

그래서 릴스타인을 잘 아는 성시한에게 직접 물어보러 왔다. 이것이 켈테론이 전장을 찾은 진짜 이유였다.

잠시 고민한 시한이 대꾸했다.

"이걸로도 충분하다고 여겨서가 아닐까?"

하긴, 지금도 그리 잘 버티고 있다고만은 할 수 없는 처지이긴 하다.

"아니면 삼국이 힘을 합쳐 한꺼번에 덤벼드는 걸 경계했다든 가?"

"그 가능성도 생각해 봤는데, 릴스타인 입장에서 별로 득이 안 됩니다."

초인급 소드하이어가 수십 명이라면 상대를 각개 격파하는 것보다 오히려 밀어붙여 한 번에 끝장내는 게 더 편하고 승률 도 높다.

좀 더 고민한 성시한이 다시 의견을 냈다.

"혹시 정체를 숨긴 크림슨 나이츠가 군대 사이에 숨어 있는 게 아닐까? 사파란 때처럼 말이지."

"무엇하러 말입니까?"

애초에 릴스타인이 사파란을 상대로 그런 전법을 쓴 것은 반 드시 상대를 죽이기 위해서, 후환을 남기지 않기 위해서였다.

"카렌 이나시우스라면 모를까, 테오란트 왕국이나 우리나라 를 상대로 그럴 필요는 없지 싶습니다만? 사파란처럼 카렌 여 왕을 유인하려는 목적이었다 해도 지금 상황과는 맞지 않고 요."

전면전을 펼쳤는데 보유하고 있는 전력을 일부러 숨긴다? 그 건 계략도 뭐도 아니고 그냥 자원 낭비일 뿐이다.

게다가 그런 것이었다면 켈테론 기사단을 상대로 적색 기사를 일곱 명이나 잃을 동안 릴스타인 왕국군이 맥없이 물러난 것이 말이 안 된다.

"지금의 행보는 마치, 단순히 자신이 손에 넣은 힘에 취해 대륙 전체를 압도하며 즐기는 것처럼 보입니다. 어리석은 폭군의 전형적인 행태지요. 그런데 릴스타인이 그렇게 어리석은 자입니까?"

도무지 현명하고 지혜로운 플로어 마스터가 취할 행동으론 보이지 않는다. 이것이 켈테론의 고민이었다.

시한도 동의를 표했다.

"지금의 릴스타인은 분명 폭군이지만, 그렇다고 어리석은 자는 아니지."

뭔가 이유가 있다. 그것만은 분명하다.

잠시 후, 성시한은 쓴웃음을 지으며 머리를 긁적였다.

"미안, 나도 이유를 모르겠다. 전혀 짐작이 안 가."

하지만 대처법은 알고 있었다.

"상대의 의도를 모른다고 그것만 신경 쓰는 것도, 결국은 상대의 의도대로 휘말리는 셈이지."

눈앞의 일부터 해결한다.

그러면서도 결코 적에게 다른 의도가 숨어 있음을 잊지 않는다.

이것이 혁명전쟁을 통해 그가 얻은 교훈이었다.

"일단 눈앞의 전쟁부터 이기고 보자고."

*   *   *

서 빌라엔 강 동쪽 기슭에 세워진 헬림 성.

라텐베르크 왕국의 최전방 방어 기지 중 하나로, 릴스타인 왕국군은 이 성을 점령한 뒤 동부 침공의 거점으로 삼고 있었다.

처음 헬림 성을 점령할 때만 해도 릴스타인 왕국군의 기세는 드높기 짝이 없었다. 굳이 크림슨 나이츠의 힘을 빌릴 필요도 없이 기존 전력만으로도 간단히 성을 장악할 수 있었다.

그래서 젤타인은 승리를 장담했다. 순식간에 왕도 라텐셀을 정복하고 위풍당당하게 릴스타인 왕국으로 돌아갈 수 있으리라 여겼다.

하지만 라텐베르크 왕국의 원군, 특히 켈테론 기사단과 맞붙으며 상황은 완전히 달라졌다.

벌써 3연패였다.

벌써 7명의 초인급 소드하이어를 잃었다.

심각한 상황이었다.

더욱 심각한 부분은, 켈테론 기사단이 헬림 성의 재점령을 시도하지 않는다는 점이었다.

그들은 헬림 성을 공격하는 대신 성에서 반나절 떨어진 르잘텍 성을 거점으로 삼고 평야전에 집중했다. 성을 포기한 것이 아니라, 공성전을 피함으로써 불필요한 병력 소모를 줄이는 한편 릴스타인 왕국군의 운신 영역을 좁히는 전법이었다.

릴스타인 왕국과 라텐베르크 왕국은 서 빌라엔 강이라는 자연 국경을 두고 있다. 강 너머에 위치한 헬림 성을 릴스타인 왕국이 자국의 영토로 만들려면, 도강을 통해 꾸준히 물자를 공급해야 한다.

그리고 강을 낀 보급 라인을 안정적으로 유지하려면 헬림 성뿐 아니라 인근 유역을 전부 장악할 필요가 있다. 안 그러면 보급선을 계속 유지할 수가 없을 테니까.

지금처럼 성 하나만을 차지하는 것은 전황에 별 유리함이 없는 것이다.

라텐베르크 왕국군은 일부러 헬림 성을 내줌으로써 릴스타인 왕국군의 움직임을 제한하며, 동시에 굳건한 방어선을 만들어냈다.

릴스타인 왕국군 지휘관, 젤타인은 이를 갈았다.

'이대로 시간을 끌다간 농성조차 못 한 채 도로 성을 뱉어야 할 판이야!'

그러니 어서 르잘텍 성을 점령해야 한다. 그렇지 않으면 비참한 패장이 되어 귀환하는 운명밖에 남지 않았다.

각오를 다지며 젤타인은 마법의 홀을 굳게 쥐었다.

'오늘은 기필코 저들을 무찌르리라!'

헬림의 성문이 열렸다.

릴스타인 왕국군 전군이 성문을 통해 평야로 쏟아져 나오기 시작했다.

*　　　　*　　　　*

르잘텍 성 서쪽으로 반나절쯤 떨어진 평야, 우거진 숲과 늦 겨울의 마른 들판이 혼재한 그 넓은 지역에 한 무리의 군세가 진을 치고 있었다.

4,500의 라텐베르크 왕국군, 그리고 20기의 켈테론 기사단.

이들을 지휘하는 두 명의 남녀가 말을 탄 채 주위를 둘러보 았다. 두꺼운 하프 플레이트 아머를 걸친 제논과 은빛 갑주 차 림의 알리타였다.

"오늘은 우리 차례군. 조심해, 알리타."

"당신도요, 제논."

저번 전투에서는 우드로우와 비렛타가 크림슨 나이츠를 유 인하는 임무를 맡았다. 하지만 같은 사람이 같은 전법을 반복 한다면 적에게 의중을 들킬 염려가 있는 것이다. 그래서 켈테 론 기사단은 매 전투마다 유인책 역할을 바꾸고 있었다.

오늘은 제논과 알리타 차례.

전장을 질주해야 하는 만큼, 달인급의 경지에 오른 뒤 가죽 갑옷만을 입고 다니던 제논도 예전의 강철 갑옷을 도로 착용한 상태였다.

문득 알리타가 하늘을 올려다보았다.

"어머, 눈 온다."

새하얀 눈송이가 나풀나풀 바람을 타고 흩날리기 시작한다. 제논도 고개를 들었다.

"역시 산간 지방이라 봄이 늦군. 남쪽은 슬슬 꽃이 피었을 텐데."

"아, 예쁘다……."

발그레한 얼굴로 알리타가 내리는 눈을 보며 좋아했다. 제논은 헛웃음을 흘렸다.

전투를 목전에 두고 저런 게 눈에 들어오다니. 여자라서 그런 건가, 아니면 유달리 배짱이 좋은 건가?

"눈도 오고, 적들도 오지. 긴장하라고."

"네, 네."

과연 들판 너머로 한 무리의 군세가 진군하는 것이 보였다. 릴스타인 왕국군이었다.

제논이 등 뒤에서 투 핸디드 소드를 뽑아 들며 목청을 돋웠다.

"전군, 전투 준비!"

*　　　*　　　*

양군의 소드하이어들이 투기검을 뽑아 들고 전장을 달린다. 말발굽 소리와 함께 곳곳에서 투기의 충돌음, 뇌성이 울려 퍼진다.

그 위로 화살이 비처럼 쏟아진다. 화살비 속으로 대열을 갖춘 보병 군단이 행진한다. 머리 위를 가린 방패에 화살이 꽂힐 때마다 두려움에 떨며, 긴 창을 앞세워 용감하게 발걸음을 옮긴다.

그들을 향해 양군의 전투 마기언이 저마다 자신 있는 파괴 마법을 날렸다.

"파이어 볼!"

"플레임 애로우!"

"이그니션 레이!"

현대 지구의 전쟁에서 밀집 대형 전술은 사라진 지 오래다. 화력이 높아지며 한 방에 파괴할 수 있는 범위 역시 극도로 넓어진 현대전에서는 산개와 은폐, 엄폐가 보병전의 주요 전술이 되었다.

하지만 수류탄이나 폭탄과 같은 효과를 지닌 마법이 있음에도 불구하고, 테라노어에서는 아직도 밀집 대형 전술이 충분히 유효했다.

대량 생산이 가능한 현대 지구의 화력 병기와 달리 테라노어의 마기언은 그 수가 제한되어 있다. 광범위한 파괴 마법을 구사할 수 있는 고위 마기언의 수는 더욱 적다.

수류탄이나 폭탄처럼 전장에 대량으로 투입할 수가 없는 것이다.

콰콰콰쾅!

마기언들의 마법이 밀집 대형 일부를 강타했다. 많은 이들이 불꽃에 휩싸여 죽어갔다. 하지만 살아남은 이들이 훨씬 많았다.

그들은 계속 진군했고, 적군과 조우해 교전을 벌였다.

"죽어라! 더러운 침략자들아!"

"으아아아!"

마기언들이 재차 마법을 준비했다. 다시 폭염과 뇌전이 전장으로 향했다. 그러나 이번엔 폭발이 일어나지 않았다.

상대편 마기언들이 마법으로 방어한 덕분이었다.

"아쿠아 배리어!"

"라이트닝 실드!"

폭염이 물의 장막에 가로막혀 사그라지고, 날아든 뇌전이 같은 뇌격의 방패와 충돌해 방전하며 소멸된다.

이것이 밀집 대형 전술이 유지되는 또 하나의 이유였다.

폭탄은 폭탄으로 막을 수 없다. 그냥 서로 터져서 서로 죽을 뿐이지.

하지만 마법은 마법으로 막을 수 있는 것이다. 피해가 일어나기 전에 무효화할 수 있으니, 여전히 보병의 교전이 유의미하다.

양군의 교전이 본격화되며 사방에서 비명과 함성이 울렸다. 그 사이로 제논과 알리타, 켈테론 기사단은 말을 달렸다.

"패왕기!"

투기를 끌어올려 칼날로 화한 뒤, 투 핸디드 소드에 덧씌워 적군을 참살해 간다. 제논이 익힌 피더페히트엔 마상 검술의 용법도 있는 것이다.

워낙 거대한 인간이, 워낙 거대한 검을 휘두르다 보니 가끔 말이 감당을 못 해 휘청거리긴 했지만, 그때마다 제논은 절묘한 감각으로 균형을 회복해 말의 부담을 덜어주고 있었다. 검을 휘두를 때마다 우렁찬 기합이 터져 나왔다.

"타아아앗!"

연신 요란한 기합을 터뜨리는 제논과 반대로 알리타는 극히 조용하게 싸우는 중이었다.

한 손으로 고삐를 쥐고, 다른 한 손으로 섬광 같은 찌르기를 연신 날린다. 그동안 승마술에도 익숙해질 대로 익숙해진 터라 움직임이 예리하기 짝이 없다.

검광이 한 번 번뜩일 때마다…

"크억!"

외마디 비명이 울리고…

"으아악!"

인간의 목숨 하나가 허무히 사라진다.

그런 두 사람의 기감에 문득 강렬한 기세가 느껴졌다. 전신을 바늘로 찌르는 듯한 투기의 기운, 요 근래 익숙하게 느낀 기세다.

제논의 표정에 긴장감이 맴돌았다.

"왔군."

저 멀리, 3인의 적색 기사가 두 사람을 향해 무서운 속도로 달려오고 있었다.

*　　　*　　　*

"크아아아!"

포효와 함께 적색 기사의 투기강이 날아든다. 제논은 바로 말을 버리고 몸을 뒤로 날렸다.

말과 함께 피할 틈이 없었다. 그러려다간 일격에 두 동강이 날 것이다.

히이이잉!

불쌍한 말이 투기강에 썰려 피를 뿜었다. 그 틈에 적색 기사에게 빈틈이 생겼고, 제논이 검을 뻗었다.

옆에선 이미 진작 말을 잃은 알리타가 본격적으로 잠형기를 펼치며 교전 중이었다.

둘 다 잃은 말에 대한 아쉬움을 느낄 겨를은 없었다. 그나마 이 전술이 아니면 투기강을 상대할 수도 없었을 테니까.

비싼 전마를 소모품으로 쓰는 낭비가 심한 전술이지만, 그래도 그 대가로 초인급 소드하이어를 잡을 수 있다면 충분히 싸다.

창천 기사들과 호흡을 맞추며 제논과 알리타는 계속 적색 기사들을 상대했다. 그러던 중이었다.

"크아아아!"

적색 기사들의 흉성이 최대로 폭발했다. 제논이 안색을 굳히며 수하들에게 눈짓을 보냈다.

'지금이다!'

이제 저들을 유도해 숲으로 빠져나가면 된다. 성시한이 은신하고 있는 전장 서쪽의 저 우거진 숲으로.

'넵, 대장!'

눈빛만으로 답한 뒤 세 창천 기사가 슬금슬금 뒤로 후퇴하기 시작했다. 그런데 이변이 일어났다.

적색 기사들이 유인당하지 않았다.

'이런?'

전과 달리, 젤타인이 적색 기사들로부터 신경을 돌리지 않은 것이다.

'저들이 마지막이다. 저들마저 잃으면 끝장이야.'

평소엔 명령을 내린 뒤 군 전체의 지휘에 집중하던 젤타인이었다. 하지만 지금은 그 역할을 참모에게 미루고 적색 기사들을 직접 따라다니며 오직 홀의 제어에만 집중한다!

[저놈들이 대장이다! 저놈들을 최우선으로 노려라!]

덕분에 유인당하던 적색 기사들이 다시 전장으로 복귀해 버렸다. 그리고 전적으로 제논과 알리타만을 노리고 재차 덤벼든다.

'칫, 뭔가 눈치챈 건가?'

정신없이 어둠 사이를 넘나들며 알리타는 식은땀을 흘렸다. 하지만 당황하진 않았다.

'하기야 그동안 너무 잘 먹힌 게 이상했지.'

크림슨 나이츠를 조종하는 홀의 존재는 대외적으로 알려지지 않았다. 2차 카곤 전쟁 때 상대의 홀을 파괴한 프레이어 호트렌의 경우는 순전히 우연이었을 뿐이지, 뭘 알고 저지른 것이 아니다.

당연히 성시한도 자신의 유인 작전이 계속 먹힐 거라 기대하지 않았다. 변수를 대비해 2차 작전도 짜놓았다.

'만약 놈들이 유인되지 않으면 군 전체를 후퇴시키며 숲속에서 전투를 벌인다. 그럼 어떻게든 뻘건 놈들은 처리할 수 있어. 물론 아군의 피해가 더 커지니까 되도록 유인되어 주면 좋겠지만 말이지.'

제논과 알리타는 작전대로 행동했다. 투기를 실어 제논이 쩌렁쩌렁한 외침을 전장 전체에 퍼뜨렸다.

"전군, 후퇴!"

라텐베르크 왕국군의 사기를 꺾는 외침이요⋯

"후, 후퇴야?"

"젠장, 우리가 지고 있는 건가?"

릴스타인 왕국군의 사기를 드높이는 외침이기도 했다.

"놈들이 물러난다!"

"우리가 이겼다!"

홀을 쥔 채 젤타인이 흥분해 추격 명령을 내렸다.

"놈들을 쫓아라! 모조리 섬멸하라!"

반전된 분위기에 제논이 인상을 쓰며 투덜거렸다.

"제길, 아주 기세등등하시구만?"

"할 수 없잖아요. 그럼 저기서 그냥 싸우다 죽을 거예요?"

알리타의 말이 옳았다. 살아서 후퇴하며 이기는 게, 전진하다 패하고 죽는 것보단 낫지.

적색 기사와 교전을 이어가며 제논과 알리타, 창천기사단은 계속해 숲으로 이동했다. 군대 전체가 그렇게 거대한 이동을 행하던 중이었다.

갑자기 쫓아오던 적색 기사들의 움직임이 멎었다.

"크르?"

"크으으……."

전장 한편에서 기이한 기운이 느껴지고 있었다.

홀에 의해 제어당하는, 이성 없는 맹수인 크림슨 나이츠조차도 본능적으로 무시할 수 없는 이상야릇한 기세가.

그 기운을 느낀 것은 소드하이어인 젤타인과 제논, 알리타 역시 마찬가지였다. 젤타인이 어이없어 하며 눈을 크게 떴다.

'뭐냐, 이 기운은?'

강한 것 같은데 하나도 안 강하고, 약한 것 같은데 하나도 안 약하다.

천년 거석처럼 굳건하면서도 푸딩처럼 말랑하고, 거대한 대하처럼 끝없이 흐르는데 한 줄기 바람처럼 허무하게 사그라지는 듯한 기세.

제논과 알리타 역시 감상은 비슷했다.

'말도 안 되는……..'

'이런 기운이 세상에 있을 수 있나?'

그들의 시선이 한곳으로 쏠렸다.

전장 저편에서, 백발을 차분하게 빗어 넘긴 한 노인이 검 한 자루를 쥔 채 느긋한 표정으로 걸음을 옮기고 있었다.

*　　　　*　　　　*

노인을 본 알리타의 첫 감상은 이거였다.

'와, 되게 잘생긴 영감님이다.'

보통 노인의 수식어는 근엄하다, 혹은 준수하다, 위엄 있다 등이기 마련이다. 청년 시절엔 미남 소리 자주 듣더라도 보통 늙으면 저런 이미지가 앞서게 된다.

하지만 이 노인의 경우엔 확실히 달랐다.

참으로, 실로, 무지하게 잘생긴 노인이었다.

나이는 대략 60대 정도로 보였다. 깊고 푸른 눈동자에 오뚝 솟은 콧날, 깔끔히 면도한 턱 선이 우아하기 그지없다. 뒤로 넘긴 백발은 살짝 헝클어져 퇴폐미마저 느껴진다.

180㎝의 훤칠한 신체는 젊은이처럼 탄탄하고 팔다리도 길어, 평범한 여행복 차림임에도 근사한 정복처럼 보였다. 세월을 증명하는 잔주름조차도 조화롭게 위치해 오히려 멋있게 느껴질 정도였다.

사람 얼굴에 별 관심이 없는 알리타조차도 순간 감탄할 정도로 저 노인은 매력적인 외모를 지니고 있었다.

물론 이 감상은 어디까지나 알리타의 것이고, 젤타인이나 제논은 노인이 잘생기건 못생기건 관심 밖이었다. 그저 저 알 수 없는 기세에 기겁할 뿐.

'누군지는 모르겠지만……'

적국의 땅에서 적군과 싸우는데, 정체 모를 위압적인 누군가가 나타났다면 아군일 확률은 거의 없지.

젤타인이 이내 정신을 차리고 재차 명령을 내렸다.

[베어라!]

3인의 적색 기사가 노인을 향해 뛰어들었다. 세 줄기 투기강이 빛을 발했다.

"크아아아!"

노인의 검은… 그냥 검이었다. 빛도 없고, 소리도 없고, 그냥 휘두르기만 했다.

그런데 적색 기사들이 노인의 털끝 하나 건드리지 못한 채 스쳐 지나갔다. 눈을 깜빡이며 알리타가 멍하니 중얼거렸다.

"어머?"

분명히 두 눈 뻔히 뜨고 보고 있었는데도 뭔 일이 일어난 건지 전혀 모르겠다.

이 어마어마하게 잘생긴 노인은, 동시에 어마어마한 고수인 것이다!

"누, 누구십니까?"

당황한 제논이 조심스레 노인에게 물었다. 상황을 보아하니 릴스타인 왕국군 측인 것 같진 않았다.

"쯧쯧."

노인이 혀를 찼다. 그리고 제논의 그 큰 덩치를 위아래로 훑으며 힐난을 던졌다.

"제자란 놈이 사부의 얼굴도 못 알아보느냐?

"…네?"

제논은 더더욱 당황했다. 이게 무슨 소리란 말인가?

그의 사부는 이미 몇 년 전에 죽었다. 그러니까, 파산기를 가르쳐 주고 투기술의 기초를 잡아준 사부는……

순간 제논의 눈이 황소처럼 둥그렇게 커졌다.

"설마?"

그동안 3인의 적색 기사가 재차 전투태세를 갖췄다.

자세를 잡고 노인을 향해 투기강을 겨눈다. 그 모습을 보며 노인이 고개를 주억거렸다.

"호오, 듣던 것보다는 꽤 쓸 만한 놈들이구나."

노인이 투기를 끌어올렸다. 선명한 빛이 장검의 칼날을 타고 올랐다.

창천을 연상케 하는 맑고 깊은 청색의 투기강이었다. 그리고 그 빛은 성시한의 그것과 한 치도 다르지 않았다.

"…용병왕 바락?"

경악한 제논을 향해 노인이 푸근한 미소를 지었다.

"반갑다, 제자야. 그런데 이름이 뭐니?"

'…용병왕 바락이라고?'

젤타인의 턱이 아래로 뚝 떨어졌다.

'맙소사! 아직도 살아 있었단 말인가?'

혁명전쟁 이후 전혀 소식이 없던 3대 무신 중 하나가 갑자기 눈앞에 나타났다. 그걸 보고도 당황하지 않을 사람은 없을 것이다.

특히나 적으로 조우했다면 더더욱!

'어째서 저자가 여기에?'

젤타인은 혼란에 빠졌다. 하지만 생각해 보면 별로 이상한 일도 아니었다.

켈테론 기사단장 션 스테인, 그리고 부대장 중 한 명인 제논이 용병왕 바락의 제자라는 건 널리 알려진 이야기였다. 사부가 제자 만나러 온 게 딱히 이상할 것은 없잖아?

'그런데 그런 것치곤 어째 분위기가 좀……'

노인을 처음 보는 것 같은 제논의 태도도 이상하고, 반갑다며 제자 이름을 물어보는 행태도 영 앞뒤가 맞지 않는다.

미심쩍어 하며 젤타인이 소리쳤다.

"당신이 정말 용병왕 바락이란 말이오?"

적색 기사들과 대치한 채 노인이 빙그레 웃었다.

"내가 용병 노릇 하는 바락인 건 맞다네."

더더욱 믿을 수 없어졌다. 눈앞의 저 노인은 분명 늙긴 했지만, 그래 봤자 60대 정도로 보였다.

"…그분은 올해로 아흔이 다 되셨을 텐데?"

"내가 좀 동안이라서 말일세."

동안이란 표현이 백발이 성성한 노인에게 어울리는 단어는 아니다. 하지만 90살 노인이 60대로 보이면 분명 동안이긴 하지. 그것도 어마어마한 동안.

패닉에 빠진 젤타인을 향해 노인, 바락이 온화한 미소를 보였다.

"내, 제자 녀석과 긴히 알 이야기가 있는데, 자리 좀 비켜 주지 않겠나?"

겉보기엔 온화하지만 무시무시한 살기와 투기를 내재한 미소였다.

"비워 주는 김에 성도 같이 비워 주면 더 좋겠고."

당장 군대를 물리고 국경 밖으로 꺼지라는 완곡한 표현이었다. 젤타인의 안색이 굳었다.

그래, 상대가 진짜 용병왕 바락일지도 모른다.

하지만 그렇다 해도 상관없다.

'아무리 무신급 소드하이어라지만 나이가 벌써 90이다. 사람

이 저 나이 먹도록 실력을 유지할 수 있을 리가 없어!'

홀을 움켜쥐며 젤타인이 고함을 터뜨렸다.

"가라, 크림슨 나이츠! 저자를 베어라!"

*　　　*　　　*

"크르르……."

짐승처럼 으르렁대며 3인의 적색 기사는 바락을 향해 천천히 다가갔다. 하지만 평소처럼 무턱대고 덤벼들진 않았다. 지성이 지워진 상태에서도 상대가 결코 만만하지 않음을 본능적으로 느낀 탓이었다.

반면 바락은 느긋했다.

적색 기사들의 투기를 앞두고도 긴장하기는커녕, 오히려 제논을 돌아보며 흐뭇해하는 표정을 짓는다.

"네 녀석이 싸우는 걸 멀리서 보았다. 제대로 익혔더구나, 패왕기."

빈말이 아니었다. 정말로 바락은 감탄하고 있었다.

비록 경지는 아직 얕았지만 제논의 패왕기는 결코 어설프진 않았다. 제대로 투기술의 뜻과 형태를 파악하고 자신의 것으로 만들었다.

특히 신체 조건이 정말 끝내주게 좋다. 투 핸디드 소드로 피더페히트를 펼치는 걸 봤을 땐 찬사마저 터뜨릴 정도였다.

호의 가득한 시선을 보내며 바락이 물었다.

"이름이 뭐냐?"

"제, 제논입니다."

당황 속에서 제논은 멍하니 대답했다. 도대체 눈앞의 노인을 어찌 대해야 할지 감이 잡히질 않았다. 정말 바락 본인이라면 제자를 사칭하다 딱 걸린 셈이 아닌가?

그런데 지금 분위기를 보면 화를 내긴 고사하고, 굉장히 기뻐하는 것처럼 보인다?

"크아아아!"

적색 기사들이 포효를 내뱉었다. 대치의 긴장감을 견디지 못한 듯했다. 세 명 모두 붉은 투기강을 전신 갑주에 두르며 살기를 터뜨렸다

바락이 눈을 껌뻑였다.

"어? 느낌이 어째 왕년의 그 녀석이랑 비슷한데?"

적색 기사들이 일제히 덤벼들었다. 바락도 푸른 투기강을 펼치며 앞으로 나섰다.

적색 섬광이 연신 허공을 가르고 대지를 파헤쳤다. 공기가 찢어지며, 굉음이 울리고, 충격파가 메아리쳤다. 가공할 파괴의 향연이 화려하게 펼쳐졌다.

하지만 바락의 털끝 하나 스치지 못했다.

"얼씨구? 하는 짓도 왕년 그 녀석일세?"

적색 기사들의 공세를 너무도 쉽게 피해내며 차분하게 검을 뻗는다. 그때마다 적색 기사의 갑주 위로 뇌성이 울리며 신음이 흘러나온다.

기량 차이가 심해도 너무 심한 것이다.

전투라기보다는 지도 대련에 가까운 형태로 공방을 주고받던 바락이 문득 제논을 돌아보았다.

"아, 제자야."

"네?"

장난기 어린 눈으로 노인이 눈을 빛냈다.

"재밌는 거 보여줄까?"

제논과 알리타가 멍한 표정을 지었다. 저 양반이 대체 뭘 하려고?

그때 바락이 손에 쥔 장검을 가볍게 허공으로 날렸다. 동시에 그의 투기가 창천의 빛에서 심해의 광채로 바뀌었다.

"무신기, 팔방지검(八方之劍)."

심해의 빛이 이내 찬란한 금빛으로 화하며 사방으로 분리된다. 단검, 소검, 장검의 형태로 시작해 양수검이며 참마검 같은 거대한 대검까지, 다양한 형태의 여덟 자루 광검이 바락의 주위를 호위하듯 떠오르며 천천히 돌기 시작한다.

이내 광검이 섬광이 되었다. 순식간에 사방에 빛의 궤적을 남기며 뇌전처럼 날아, 세 적색 기사를 무자비하게 난자했다.

비명이 메아리쳤다.

"으아아악!"

"크어억!"

제대로 된 반항 한 번 해보지 못한 채 적색 기사들이 박살난 고깃덩이가 되었다. 젤타인의 안색이 창백해졌다.

'맙소사!'

90이 다 된 나이에 살아 있는 것만으로도 놀라운데, 무신급 소드하이어의 기량마저 전혀 녹슬지 않았다니!

정신없이 뒤로 물러나며 젤타인이 공포에 질려 소리를 질렀다.

"후퇴! 후퇴! 전군, 후퇴!"

*　　　*　　　*

제논도, 알리타도 말없이 눈을 깜빡였다. 바락이 선보인 팔방지검이 그들이 아는 무신기와 흡사한 탓이었다.

'어……'

'저 기술……'

바락이 금빛 광검을 거두고 어깨를 으쓱거렸다.

"왜, 십이지검이랑 너무 비슷해서 신기하냐?"

무심코 알리타가 고개를 끄덕였다. 그럴 줄 알았다는 듯 바락은 너털웃음을 흘렸다.

"그야 당연하지. 애당초 그 녀석이 내 팔방지검을 보고 베껴 만든 게 십이지검이니까."

검을 도로 허리에 차며 바락이 툴툴대기 시작했다.

"하여튼 베끼려면 좀 제대로 베끼든가? 원래 팔방지검은 다양한 검을 구현해 정밀한 공격을 노리는 건데, 그럴 재주가 없으니 똑같은 검 늘리는 식으로 꽉 요약해 버렸지. 누가 투기 썩어나는 놈 아니랄까 봐, 칼날의 숫자만 펑펑 불리고 말이야."

놀랄 것 없다는 듯 유쾌한 어조로 말을 잇는다.

"원래 그 녀석의 기술치고 오리지널이 없어. 파천기랑 도룡기는 내 패왕기를 베껴다 멋대로 개조한 거고, 혼천기는 마검 안티프레이어를 베껴 만든 거고. 무극천광도 론다르크 놈 무신기를 베낀 주제에 원래부터 제 기술인 양 포장하더만?"

심지어 천변기조차도 원래 테라노어의 도둑들 사이에서 기본적인 용법은 전해져 오고 있었다.

투기를 이용해 이목구비를 일그러뜨린 흉측한 얼굴로 위장, 잠시 정체를 감추는 방식이었는데, 솔직히 투기술이라 할 정도로 대단한 수법은 아니었다. 그것을 자연스러운 타인의 얼굴로 바꾸고, 또 장기간 얼굴 형태를 고정시킬 수 있을 정도로 안정화시킨 것이 천변기였다.

"그 녀석의 투기술 중 순수한 오리지널은 폭살기밖에 없을 걸?"

팔짱을 끼며 바락이 진지한 표정을 지었다.

"음, 그래, 폭살기는 인정한다. 그건 정말 대단하지. 어떻게 하는 건지 도무지 감도 안 잡히더구나. 대체 뭘 어떻게 해야 투기를 타인의 몸속에 무한정 유지시키면서도 거리에 상관없이 마음대로 폭발시킬 수 있는 거지?"

심각하게 고민하기 시작한 바락을 보며 알리타가 실소를 흘렸다.

'그야 폭살기는 실존하지도 않는 투기술이니까 당연히 이해가 안 가시겠죠.'

바락의 말을 듣고 있던 제논의 안색이 굳어갔다. 상대가 전설의 3대 무신 중 하나란 건 알지만, 아무리 그래도 이계구원자를 계속 폄하하고 있는 걸 보니 기분이 좋을 리가 없었다.

불만스러운 어조로 제논이 반박했다.

"그런 식이라면 세상에 순수한 오리지널이 어디 있습니까? 바락 님의 패왕기도 분명 누군가의 투기술을 바탕으로 만들어진 것일 텐데요?"

의외로 바락은 순순히 인정했다.

"네 녀석 말이 옳다. 따지고 보면 하늘 아래 진정 새로운 것이 얼마나 되겠느냐? 이건 그냥 해본 소리지."

그리고 슬쩍 의미심장한 미소를 짓는다.

"그냥 해본 소리에 발끈하는 걸 보니 역시 맞구만. 그 녀석, 테라노어로 돌아왔지?"

제논과 알리타는 기겁했다.

'헉!'

'아차!'

성시한의 정체는 기밀 중의 기밀인 것이다. 그런데 너무 자연스럽게 분위기를 끌어가는 통에 자기도 모르게 표정을 감추지 못했다.

"아, 그게 저……."

말을 더듬는 제논을 향해 바락이 태연스레 손짓을 했다.

"안내해라. 간만에 그 녀석 얼굴이나 보게. 이 정도 도와줬는데 그 정도 대접은 받을 수 있겠지?"

*　　　*　　　*

들판 서쪽의 우거진 숲속.

성시한과 우드로우, 비렛타는 10인의 켈테론 기사단과 함께 매복하고 있었다. 제논과 알리타가 크림슨 나이츠를 유인해 오면 평소처럼 처리하기 위해서.

그런데 어째 상황이 이상하게 돌아갔다. 딱히 이들이 한 것도 없는데 릴스타인 왕국군이 먼저 후퇴하기 시작한 것이다.

"어라?"

"저것들이 후퇴하는데요, 대장?"

"무슨 일이지?"

우드로우와 비렛타, 그리고 켈테론 기사단은 당황하며 성시한을 돌아보았다. 어쨌건 이겼으니 기쁜 일일 수도 있겠지만, 이유도 모른 채 얻은 승리는 결코 기뻐할 일이 아니다.

성시한 역시 당황하긴 마찬가지였다.

단지 그 당황의 이유가 다른 이들과는 달랐다.

테라노어 인과 달리 성시한의 기감 범위는 어마어마하게 넓다. 그는 이미 기감으로 전장에서 무슨 일이 벌어졌는지 대충 파악하고 있었다.

"이거……."

딱히 경악했다 할 정도는 아니지만 충분히 놀랄 만한 상황이었다.

"…바락 영감님의 기운이 느껴지는데?"

우드로우와 비렛타도 눈이 휘둥그레 커졌다.

"네? 그 돈독 오른 노인네 말입니까?"

"그 기생오라비 영감 아직도 안 뒈졌어요?"

수하들의 격한 반응에 시한이 쓴웃음을 지었다.

"…너무 그러지 마. 일단은 내 사부라고."

비렛타가 입을 삐죽였다.

"어차피 시한 대장은 제자 취급도 못 받았잖아요. 그런데 굳이 사부 취급 해줄 이유 있나요?"

                    *   *   *

승리한 라텐베르크 왕국군은 그 기세를 몰아 계속 진군, 결국 헬림 성을 탈환하는 데 성공했다.

사실 탈환이라는 표현이 좀 안 맞기는 했다. 패배한 릴스타인 왕국군이 알아서 성을 비웠으니까.

제논과 알리타, 20기의 창천기사단은 휘하 병사들을 이끌고 헬림 성에 들어섰다. 만일을 대비해 왕국군 본대의 후미를 지키고 있었던 터라 입성이 가장 늦었다. 먼저 도착한 병사들이 제논 옆에 선 노인을 보며 수군거렸다.

"저분이……."

"그 전설의 용병왕……."

혁명전쟁 이전에도 이미 바락의 명성은 테라노어 전역을 진동시키고 있었다. 다들 경외의 시선으로 노인을 바라보는 중이었다.

"와, 무신급 소드하이어를 직접 볼 날이 올 줄은 몰랐어."

"단 일검에 크림슨 나이츠 셋을 베어버렸다더군."

"그런데 저분, 나이 90이라 하지 않았나? 그렇게 안 보이는데?"

"무신쯤 되면 나이도 안 먹나봐."

병사들의 시선을 뒤로한 채 바락은 느긋하게 걸음을 옮겼다. 어차피 이런 시선은 그간 지겹게 받아온 것이었다.

헬림 성채 중심에 위치한 커다란 건물을 가리키며 제논이 말했다.

"다른 사람들은 먼저 와 있을 겁니다."

"오냐."

흐뭇한 표정으로 바락이 고개를 끄덕였다. 그저 제논을 보기만 해도 뿌듯한 모양이었다.

건물 안쪽으로 들어서자 한 무리의 기사들이 제논 일행을 맞이했다. 우드로우와 비렛타, 그리고 창천기사단이었다.

바락의 등장에 기사들이 수군거리기 시작했다.

"어, 진짜 저 영감님이네."

"세상에, 아직도 살아 있었다니……."

"심지어 늙지도 않았어. 십 년 전이랑 똑같아."

밖의 병사들과 비슷하면서도 묘하게 차이가 있는 반응이었다. 경외보다는 황당해하는 쪽이 더 비중이 크다.

바락은 여전히 태연했다. 저런 시선 역시, 그는 그동안 지겹게 받아왔다.

창천기사단을 둘러보던 바락이 빙그레 웃었다. 조금 떨어진 곳에서 쌍검을 찬 30대의 여인이 불만스런 표정으로 그를 노려보고 있었다.

"오오, 비렛타 양, 여전히 아름답구먼."

팔짱을 낀 채 비렛타가 무뚝뚝한 대꾸를 툭 던졌다.

"닥쳐요, 이 호색한 영감아."

옆에 서 있던 제논과 알리타가 기겁해 두 사람을 바라보았다.

'헉?'

'어머머?'

바락이 너털웃음을 흘렸다.

"허허, 놀라지 말거라. 내 원래 이들과는 허물없이 지내던 터라……."

'아니, 저건 허물없는 정도가 아닌데?'

상대는 무신급 소드하이어, 그게 아니더라도 까마득한 연장자였다. 무례해도 지나치게 무례한 태도인 것이다. 아무리 이들이 십 년 전부터 안면이 있는 사이라지만 좀 심해 보인다.

알리타의 의문은 금방 풀렸다. 쌍심지를 켜며 비렛타가 비난을 이은 탓이었다.

"얼씨구? 허물이 그리 없어서 내 부하를 세 명이나 임신시키고 튀었어요? 제발 허물 좀 가지고 지내지 그랬어요?"

너털웃음이 헛웃음으로 변했다.

"아, 그, 그건 말이지……. 어, 어험……. 쿨룩, 쿨룩."

"헛기침하면서 말꼬리 돌리지 말고!"

"다, 다들 잘 지내고 있었던 모양이군, 허허허."

머쓱해하며 바락이 주춤주춤 비렛타를 피해 다른 아는 얼굴을 찾아갔다.

"오! 우드로우! 오랜만이야!"

어쩐지 화제를 바꾸고 싶어 안달이 난 모습이었다. 알리타가 비렛타에게 다가가 작게 속삭였다.

"저, 이, 임신이라뇨? 그게 무슨 말……."

얼굴이 발개진 소녀를 향해 비렛타가 콧방귀를 뀌었다.

"말 그대로야. 저 변태 노인네, 얼굴 좀 반반하다 싶으면 가리지 않고 껄떡댔거든. 나잇살 처먹고 뻔뻔하기도 하지. 손녀뻘 되는 애들에게 무슨 짓이야?"

놀란 눈으로 제논은 바락을 바라보았다. 십 년 전이라 해도 이미 여든이 다 되었을 텐데, 그 나이에 젊은 여자를 후리고 다녔단 말인가?

'참으로 진정한 사내로고!'

덤으로 자신은 절대 저런 '진정한 사내'가 되지 말아야겠다고 다짐하는 제논이었다. 뭐, 되고 싶다고 되는 것도 아니겠지만.

한편 알리타는 미묘한 표정을 짓고 있었다.

'얼굴 좀 반반?'

여태 바락은 그녀에겐 한 번도 저런 기미를 보인 적이 없었던 것이다. 나름 자신이 미녀 축엔 낀다고 생각했던 알리타로선 살짝 충격이었다.

'나, 사실은 남자들이 좋아하는 타입이 아니었나?'

비렛타가 그 이유를 설명해 주었다.

"그래도 저 영감이 스무 살 이하는 안 건드리거든."

"왜요?"

"사람이 양심이 있어야지, 어떻게 증손녀뻘을 건드리냐고 하더라."

"……"

알리타는 식은땀을 흘렸다. 그럼 손녀뻘까진 괜찮단 말이냐?!

왜 저 전설의 무인을 창천기사단이 저따위 시선으로 보고 있는 건지 대충 납득이 갔다.

우드로우 역시 뚱한 얼굴이었다.

"오랜만에 뵙습니다, 하이어 바락."

"거 간만에 본 건데 인상 좀 펴지 그래?"

"최대한 편 겁니다만?"

상당한 푸대접임에도 불구하고 바락은 머쓱해하기만 할 뿐

딱히 화를 내거나 하진 않았다. 누누이 말하지만, 그는 '이런' 시선 역시 지겹도록 받아온 처지였다.

"그래, 시한이는 어디 있나?"

바락의 물음에 우드로우가 제논과 알리타를 흘겨보았다. 설마 성시한의 정체를 누설했냐는 힐난이 섞인 시선이었다.

두 사람이 어깨를 축 늘어뜨리며 눈빛으로 화답했다.

죄송합니다. 어쩔 수 없었어요. 어쩌다 보니 그렇게 되었어요.

"아니, 신경 쓰지 말게. 어차피 짐작하고 있었을 테니."

한숨을 쉬며 우드로우가 등 뒤를 손짓했다.

"시한 대장은 안쪽에 있습니다."

바락은 집무실 문을 열고 방 안으로 들어섰다. 흑발의 갈렌 족 청년이 노인을 보더니 믿어지지 않는다는 표정을 지었다.

"바락 영감님……."

상대의 이목구비를 살피더니 바락이 손짓을 했다.

"천변기를 풀어라. 오랜만에 얼굴이나 보자."

청년의 얼굴이 변했다. 바락의 기억 속 소년의 얼굴은 아니었다. 하지만 당시의 모습은 여전히 남아 있었다.

"헤에, 많이 컸구나. 이젠 사내 티가 완연히 나는데?"

"영감님은 진짜 하나도 안 변하셨네요?"

살아 있는 것이야 알고 있었지만 이 정도로 그대로일 줄은 몰랐다. 나이가 90이면 평균 수명이 대폭 올라간 현대 지구의 기준으로도 어마어마한 고령이다. 하물며 테라노어에선 말할 것도 없다.

"어떻게 이렇게 안 늙으셨어요? 무신급의 경지에 오르면 노화도 둔화되나?"

혹시 같은 무신급인 성시한 역시 남들보다 노화 속도가 더 딜까? 시한은 잠시 기대를 걸었지만 바로 배신당했다.

"그게 무슨 말도 안 되는 소리냐? 투기랑 노화랑 무슨 상관이 있다고?"

투기는 강해지려고 익히는 거지, 젊어지려고 익히는 게 아니다. 목적이 다르다면 결과물도 다를 수밖에 없는 것이다. 물론 투기가 신체 나이를 젊게 유지해 주는 면이 없는 건 아니지만, 그것도 정도껏이다.

"그럼 어떻게 이렇게 그대로인 거예요?"

바락이 어깨를 으쓱였다.

"기름진 음식 피하고, 야채 많이 먹고, 소식하고, 규칙적인 생활하고, 꾸준히 운동해야지. 매일매일 피부 관리와 수분 공급은 필수고."

"뭔가 되게 당연한 소리네요, 그거."

"저 당연한 짓을 난 70년간 해왔다."

시한의 말문이 막혔다. 그것 참 대단한 건 사실인데, 일국의 왕비도 아니고 용병 노릇 하는 양반이 왜 저렇게까지?

"그리고 무엇보다……."

어깨를 으쓱이며 바락은 가장 중요한 진실을 입에 담았다.

"타고나야지."

"……."

하긴, 투기를 단련할수록 신체 노화가 늦춰진다면 22살에 달인급에 다다른 천재 중의 천재임에도 액면가 서른을 육박하는 제논의 경우는 무엇으로 설명할까?

결국 될 놈은 되고, 안 될 놈은 안 된다는 세상의 진리를 다시 한 번 확인했을 뿐이다. 시한은 우울해졌다.

"그냥 영감님이 특이 케이스인 것뿐이군요, 쳇."

"예끼, 이놈. 언제까지 사부를 영감님이라 부를 셈이냐?"

장난스럽게 바락이 검집으로 꿀밤을 날리려 했다. 그런데 시한이 몸을 틀어 피해 버렸다.

"사부라 부르지 말라면서요? 난 제자 자격 없다며!"

"이걸 피해?"

바락은 잠시 놀랐다.

겉보기엔 단순한 공격처럼 보였지만 그 속엔 바락이 평생 갈고닦은 검술과 투기술의 정수가 담겨 있었다. 예전의 성시한이라면 절대 피하지 못했을 일격인 것이다.

"많이 늘었구나."

감탄하며 바락이 재차 검집을 휘둘렀다. 아까보다 훨씬 단순한 궤적, 하지만 그 속에 담긴 변화가 훨씬 오묘하다.

"아, 역시 이것까진 못 피하겠네."

투덜대며 시한이 날아드는 검집에 머리를 들이밀었다. 바락의 공격에 박치기를 한 셈이었다. 성시한은 멀쩡한데 오히려 바락이 손목을 매만지며 뒤로 물러섰다.

"윽, 때려봐야 나만 손해인 건 여전하구만."

십 년 전에도 이랬다. 검술의 경지, 무술적 깨달음, 투기술의 운용과 숙련도, 이 모든 점에서 바락은 성시한보다 훨씬 우위에 있었다.

그저 저 모든 게 무식한 투기량 앞에서 그냥 씹혔을 뿐이지.

머리를 긁적이며 시한이 중얼거렸다.

"설마 살아 계실 줄은 몰랐어요. 알았으면 제자 사칭 안 하는 건데."

"사칭은 아니지? 나한테서 패왕기 배워 갔잖아?"

"그래 놓고 따라하는 건 원숭이도 할 수 있다고 엄청 구박했잖아요?"

당시 바락은 패왕기를 물처럼 흡수하는 성시한을 보고 매우 기뻐했다. 드디어 후인을 찾았다고 여긴 것이다. 하지만 패왕기의 본질을 이해 못 한 채, 그저 완벽하게 따라 하는 것뿐임을 알고 크게 실망했다.

그저 잘 따라 할 뿐인 원숭이는 결코 패왕기의 맥을 이어가지 못할 테니까.

"그런데 제대로 후인을 키웠잖느냐? 대견하다."

시한이 쓴웃음을 지었다.

"솔직히 말하면 제가 키운 건 아닙니다."

그는 그저 외워두었던 패왕기 운용법을 그대로 읊어주고 시연만 보여줬다. 한국으로 치면 무술 서적을 보여주고 동영상을 틀어준 셈이다. 이것만으로 무술을 가르쳤다는 소릴 한다면 진짜 무술인들이 한없이 비웃을 것이다.

"익힌 건 순전히 제논 자신의 재능이죠."

"그럴 줄은 알았다. 네 녀석의 특징이 그거니까."

바락이 고개를 끄덕이며 방문 쪽을 힐끔 보았다. 흡족하기 그지없다는 표정이었다. 시한이 물었다.

"제논이 꽤 마음에 드나 보죠?"

"안 들 이유가 없지 않느냐? 따라쟁이 원숭이 밑에서 저기까지 패왕기를 익혔을 정도인데."

"도로 원숭이 취급인 겁니까? 도대체 사부라고 부르라는 거야, 말라는 거야?"

"마음대로 해라. 저 녀석이 있는데 네놈 따위 알 게 뭐람?"

"와, 서럽네."

고개를 저으며 성시한은 자리를 권했다. 어쨌거나 상대는 그의 스승과도 같은 인물이었다.

"앉으세요. 차라도 준비시킬 테니."

"그래도 네 녀석은 대접 좀 해주는구나."

의자에 앉으며 바락이 바깥을 힐끔거렸다.

"다른 녀석들은 다들 못 볼 꼴 봤다는 표정이던데. 에잉, 고얀 것들. 내가 그놈들 목숨 살려준 게 몇 번인데."

투덜대는 것치고 딱히 화난 기색은 보이지 않았다. 그냥 가벼운 농담이란 느낌?

시한은 그 이유를 알고 있었다.

"하, 영감님이 혁명군에서 뜯어 간 돈이 얼만데요? 예의를 갖출 마음이 들겠습니까? 의뢰비 반만 깎아줬어도 창천기사단이 넝마주이처럼 전쟁터를 돌아다닐 필요도 없었거든요?"

바락이 머쓱한 웃음을 지었다.

"그건 그렇지?"

＊　　　＊　　　＊

무신급 소드하이어, 바락 갈라시아스.

일평생을 용병으로 살아온 그를 테라노어 사람들은 용병들의 왕이라고 불렀다.

이 칭호에는 두 가지 의미가 있었다.

하나는 용병 중의 최강자, 그야말로 용병의 왕이라는 의미를 지닌 존경의 호칭이었다.

그리고 또 하나는, 용병 중에서도 가장 용병다운 자라는 의미를 지닌 경멸의 호칭이기도 했다.

용병이란 돈 받고 대신 싸워주는 이를 말한다. 돈 대신 명예나 국가, 충성을 바친 이를 위해 싸우면 그건 용병이 아니다.

바락은 철저하게 돈을 밝히는 인간이었다.

돈 되지 않는 일에는 결코 검을 휘두르지 않았다. 자신이 정한 의뢰 액수를 깎아주는 일 따위도 존재하지 않았다. 의뢰주가 바뀌면 어제의 아군에게 칼을 들이대는 일도 서슴지 않았다. 산적들에게 시달리던 촌민이 힘겹게 모은 푼돈을 받고 정의의 검을 휘두르는, 그런 미담 따위 아예 인연이 없었다.

그렇다고 돈 되는 일이라면 뭐든지 했다는 의미도 아니다. 지나친 악행이나 인간의 도리를 벗어난 의뢰는 아무리 돈을 많이 준다 해도 거절했다.

단지 그 이유가 양심 때문이 아니었을 뿐.

'당장 눈앞의 거액에 현혹되어서 자기 품위를 깎으면 그만큼 자기 가치도 떨어지는 법이거든. 장기적으로 보면 손해다. 그리고 어차피 귀족들 사이의 암투에 끼어드는 쪽이 진짜 돈이 돼.'

엄청나게 비싸지만, 엄청나게 믿을 만해서, 일단 고용만 하면 확실히 결과를 내는 용병.

그것이 용병왕 바락의 평가였다.

그리고 이는 혁명전쟁 시절에도 마찬가지였다.

혁명군이 풍전등화의 처지에 놓였다 해도, 그의 도움으로 수많은 생명을 구할 수 있다 해도 바락은 돈이 들어오지 않으면 절대 움직이지 않았다. 그리고 받은 만큼 일하면 미련 없이 손놓고 떠나 버렸다. 전우애 따윈 일절 신경 쓰지 않았다.

그러니 평가가 좋을 리 있나?

혁명군의 승리에 일조했음에도 혁명 8영웅이 아니라, 바락을 뺀 7영웅으로 불리는 이유가 이것이었다.

그렇다고 바락이 마냥 탐욕스럽기만 한 인물이었다는 것은 아니다. 그에겐 돈에 집착해야 할 분명한 이유가 있었다.

바락은 잘생겼다. 늙은 지금도 여인들이 혹할 정도이니 젊은 시절엔 그야말로 전설적인 미남이었다. 게다가 자신의 매력을 활용하는 데도 뛰어났고, 여색을 밝히는 데도 거리낌이 없었다.

떠돌이들이 곳곳에 현지처를 만드는 것은 흔한 일이다. 뜨내기에게 몸 버리고 눈물짓는 여인의 이야기는 지구나 테라노어나 별다를 것이 없다.

바락 역시 마찬가지였다.

생긴 값 한다고, 용병으로 떠돌며 테라노어 각지에서 여인들과 인연을 맺었다. 실로 무책임한 사내의 표본이라 하겠다.

그런데 여기서 바락은 특이한 방식으로 책임감을 발휘했다.

'이 여자, 저 여자 건드리는 게 무책임하다고? 아, 그럼 전부 책임을 지면 될 거 아냐!'

묘한 원칙을 세우며 그는 자신이 건드린 여자들, 그 사이에서 태어난 아이들을 꾸준히 챙겼다. 보통 용병들이 자신의 혈육을 나 몰라라 하는 것과 달리, 지속적으로 돈을 보내며 여인과 아이가 자립할 수 있을 때까지 꾸준히 돌봤다.

뭐, 그래도 여기까지라면 그냥 일종의 기러기 아빠(?) 정도로 끝날 수도 있었을 것이다.

그런데 바락은 그 와중에도 또 꾸준히 새 여자를 만들었다. 그리고 꾸준히 그 여자들을 임신시켰다. 슬프게도 테라노어엔 지구의 피임 기구 같은 문명의 이기가 없었다.

젊은 시절엔 그럭저럭 열댓 명이던 현지처가 중년이 되자 수십으로 늘었고, 무신급의 경지에 오를 때쯤에는 거의 세 자릿수에 육박하게 되었다. 그 여인들이 낳은 아이들의 숫자도 기하급수적으로 늘었다.

매달 보내는 양육비만으로도 어지간한 도시 하나의 한 달 예산에 육박하는 수준이었다. 도저히 돈을 안 밝힐 수가 없는 상황인 것이다. 알아서들 살라며 신경을 쓰지 않을 수도 있었 겠지만 그런 짓은 또 자존심이 용납할 수 없었다.

차를 따라주며 성시한이 놀리듯 물었다.

"그래, 요새도 계속 애들… 이 아니라 가족 먹여 살리느라 바쁘십니까?"

중간에 슬쩍 말을 바꾼 이유는 바락의 가족사가 워낙 장구한 탓이었다. 제일 큰 아들의 나이가 슬슬 65세던가? 자신의 작은할아버지뻘 되는 사람을 애라고 칭할 순 없지.

차를 홀짝이며 바락이 안도의 한숨을 내쉬었다.

"그래도 예전보단 낫다. 독립한 애들이 많으니까. 제 가정 꾸려서 나간 놈들까지 내가 신경 쓸 필요는 없지 않느냐?"

"참, 그렇게 돈에 쪼달리면서 용케 혁명군에 붙었네요. 제국 쪽으로 갈까 봐 겁먹었었는데."

"내가 아무리 돈을 밝혀도 그 정도는 아니지."

"솔직히 말하면 당시엔 그 정도로 보였습니다만?"

가난한 혁명군이 돈이 많아 봐야 얼마나 많겠는가? 군자금 박박 긁어 봐야 제국 하급 귀족 하나가 부정 축재한 재산만도 못한 형국이었다. 그 정도로 세상이 썩었으니 혁명군이 힘을 얻은 것이긴 하지만.

용병왕 바락을 한 번 고용할 때마다 기둥뿌리가 휘청휘청 흔들려야 했다. 그나마 다행인 점은 바락 역시 광제의 폭정에 반대하는 입장이어서 제국에 고용되진 않았다는 점이다.

혁명군의 위세가 커지고 전쟁에서 점점 밀리자, 루스클란 제국은 바락을 회유하기 위해 온갖 수작을 부렸다.

황금과 보석을 눈앞에 가득 쌓아놓기도 했고, 제후의 자리를 약속하기도 했다. 심지어 혁명전쟁 말기에는 광제가 직접 사우스 클라니움의 군주로 임명하겠다는 조건마저 걸 정도였다.

"그 조건은 좀 아깝지 않아요? 받아들였다면 지금의 카곤 시티가 영감님 거였을 텐데."

"에라, 녀석아. 제국이 멀쩡해야 그게 내 거지. 그거 받아들였다간 내 목이 혁명군에게 뎅겅 잘렸을걸? 그리고 광제가 어디 약속을 지킬 놈이었냐?"

"하긴 그러네요."

어쨌건 당시 용병왕 바락이 제국 편을 들었다면 혁명군의 승리에 큰 장벽이 되었을 거란 점은 틀림없는 사실이었다. 그러니 그 역시 혁명 영웅이라면 충분히 영웅일 수 있겠지만, 그럼에도 평가가 박한 것은 역시 행실 탓이리라.

존경하기엔 어째 비난할 구석이 많은데, 비난하기엔 또 존경할 구석이 많은 어중간한 인간이었달까?

'그래도 오랜만에 보니 반갑긴 하네.'

마주 앉아 차를 홀짝이며 시한이 재차 물었다.

"그동안 어떻게 지내셨어요?"

한숨을 푹 쉬며 바락이 대꾸했다.

"애 키우고 살았다."

이젠 나이도 나이인지라 예전처럼 방랑하기는 힘든 바락이었다. 게다가 세상이 평화로워지며 용병 일거리도 줄었고, 자식들 역시 대부분 성인이 되어 딱히 큰돈 들어갈 일도 없어졌다.

"…대부분이라니, 아직도 성인이 안 된 아이들이 남아 있었어요?"

묻다 말고 시한의 표정이 일그러졌다. 문득 십 년 전의 일이 떠오른 탓이었다.

"그러고 보니 영감! 내 부하들도 임신시켰었지?"

"그, 그거 때문에 비렛타에게 이미 혼났어. 너까지 구박할 필요 있느냐?"

지은 죄가 있는지라 바락이 바로 꼬리를 내렸다. 시한은 그냥 한숨을 쉬었다.

당시 바락이 강제로 여인들을 취한 것도 아니고, 그냥 저들이 좋다고 달라붙은 것이니 탓하기도 애매하다.

"하여튼 떠돌이 생활 청산하고 눌러앉아 애 키우고 살고 있었는데, 묘한 소문이 들리더구나."

손녀 같은 아내들을 옆에 끼고 증손자 같은 새끼들의 재롱을 보면서, 모아둔 재산 착실히 까먹으며 늘그막을 즐기던 중이었다.

용병왕 바락의 후계자가 나타났다는 이야기가 입소문을 타고 전해져 왔다.

"처음에는 헛소문인 줄 알았다."

패왕기의 후계자를 찾으려고 그토록 테라노어를 싸돌아다녔지만 결국 실패한 바락이었다.

그 명성 높은 혁명 7영웅의 일원, 젝센가드나 테오란트조차도 패왕기를 전수하기엔 살짝 자격 미달이었다. 성시한은 아예 논외였고, 레비나의 경우엔…….

"그 아이는 느낌이 너무 안 좋아서 가르칠 생각이 들지 않았지."

평생 여자를 후리고 다닌 베테랑답게 레비나의 본성을 본능적으로 느끼고 멀리한 것이다.

'흐음, 대단하시네.'

시한은 속으로 혀를 내둘렀다. 이제 와서 보니 새삼 감탄스럽다.

"그 고생 하고도 못 찾았는데, 뜬금없이 후계자가 나타날 리가 있겠냐? 그래서 그냥 무시했는데…….."

소문이 너무 길었다. 소문이라기보단 소식이라고 해도 좋을 정도로 자연스럽게 이야기가 퍼져갔다.

특히 놀란 것은 그의 제자를 사칭하는 이들이 프레이어 호트렌과 함께 싸웠다는 부분이었다. 다른 사람은 몰라도 호트렌이 패왕기를 못 알아볼 리는 없었다.

"그쯤 되니 확인을 하지 않을 수 없더구나."

오랜만에 은거를 깨고 다시 세상으로 나왔다. 오는 길에 이런저런 소문을 접하며 대충 어찌 된 일인지도 짐작할 수 있었다.

켈테론 기사단장, 떠오르는 신예 초인급 소드하이어 선 스테인이 '그'일지도 모른다는 소문은 은연중 널리 퍼져 있었으니까.

"와 보니, 역시 맞더구나."

시한은 빙그레 웃었다. 바락이 여기까지 달려온 이유가 뻔히 보였다.

"그래서 제논을 정식 후계자로 삼을 생각이에요?"

"당연하지!"

"제논의 의사는요?"

"아직 물어보진 않았다. 하지만 그 녀석이 거절할 이유는 없을 것 같다만?"

"뭐, 그렇겠죠."

제논 역시 패왕기를 수련하며 독학의 한계를 느끼고 답답해하고 있었다. 바락의 제자가 되라고 하면 분명 기뻐할 것이다.

"하지만 제논은 지금 할 일이 있습니다. 도중에 다 관두고 영감님을 따라갈 만큼 그 친구가 책임감이 없지는 않아요."

"내가 봐도 그럴 것 같다. 그래서 더 마음에 들더구나."

별문제 아니라는 듯 바락이 태연하게 말을 이었다.

"그래서 내가 그 녀석 곁에 머물면서 가르칠까 한다. 혹시 켈테론 기사단에 남는 자리 없느냐?"

편의를 봐주기 위해 사부가 제자를 따라다니겠다니, 일반적인 경우라면 용납 못 할 일이다. 그리고 보통 바락 정도로 경지가 높고 나이도 많으면 성격이 꼬장꼬장하기 마련이다.

다행히 바락은 유연한 사고방식의 소유자였다.

성품도 무난하고, 배려심도 있고, 자신의 생각을 남에게 강요하지 않으며 상대의 입장을 헤아려 주는 것에도 능숙하다. 돈 문제 빼고.

'하긴, 그러니까 그 많은 여자들을 후리고 다닐 수 있었겠지?'

시한은 고개를 끄덕였다.

"영감님이 한편이 된다는 데 반대할 사람은 없겠죠. 전쟁 중이니까요."

창천기사단이 바락을 탐탁지 않아 하긴 하지만, 그렇다고 그를 거부할 리는 없다. 특히나 켈테론은 눈물을 흘리며 기뻐 날뛸 것이다.

"그래? 다행이구나. 여기, 월급 얼마 주냐?"

"…돈 쓸 일 이제 없다면서요?"

"돈 쓸 일 없다는 소리가 무료 봉사하겠다는 소리는 아니다."

역시 사람은 쉽게 변하지 않는 모양이었다. 실소하며 성시한은 켈테론에게 미뤘다.

"그 점은 켈테론 후작이랑 상의하세요. 꽤 대접이 후할 거라는 건 장담합니다."

노인은 만족스럽게 웃었다.

"그거 좋구나. 아, 그러고 보니 궁금한 건데, 시한아."

"네?"

"너, 왜 돌아왔냐? 정체는 왜 숨기고 있고?"

"…이제야 그게 궁금해진 겁니까?"

"내 볼일 다 끝났으니까."

"와, 진짜 나한테는 전혀 관심 없었네요?"

기막혀 하며 성시한은 그동안의 이야기를 털어놓기 시작했다.

Chapter 5

영웅의 부활

라텐베르크 왕국을 침공한 젤타인의 군대는 비참한 모습으로 릴스타인 왕국으로 귀환했다.

　연전연패, 헬림 성을 점령할 때 외엔 변변한 승리 한 번 거두지 못했으며, 무엇보다 초인급 소드하이어 10명을 모조리 잃었다. 이쯤 되면 지휘관의 목은 이미 떨어진 것이나 다름없다.

　하지만 젤타인의 목은 무사했다.

　아니, 무사한 정도가 오히려 신하들의 따듯한 위로를 받았다.

　"용병왕 바락!"

"그가 살아 있었나?"

"그럼 어쩔 수 없었겠지. 살아 돌아온 것만도 행운이군."

젤타인은 자신의 패배를 모조리 바락의 탓으로 돌렸다.

일부러 전황을 속였다는 의미는 아니다. 성시한의 존재를 모르는 이상 젤타인 입장에선 그 모든 패배가 바락의 개입이었다고 생각할 수밖에 없는 것이다.

릴스타인도 그의 패배를 관대히 용서했다.

"무신급 소드하이어가 정체를 숨기고 있었다면 어쩔 수 없다. 오히려 그런 상대로 병력을 온전히 보존한 장수를 칭찬해야겠지."

그렇다고 패장을 정말로 칭찬할 수는 없으니, 젤타인에겐 한 달간 근신이라는 처벌이 내려졌다. 젤타인도 국왕의 은혜에 감사하고 또 감사했다. 목이 잘리고 일가족이 처형되어도 모자랄 지경이었는데 이까짓 근신쯤이야 벌도 아니었다.

라텐베르크의 이해할 수 없는 선전에 당황했던 릴스타인 왕국의 정보부는 앓던 이가 빠진 기분이었다.

"라텐베르크 왕국이 어떻게 그렇게 잘 버티나 했더니, 이유가 있었군."

아무리 창천기사단의 기량이 뛰어나도, 용병왕 바락의 후계자가 그들을 지휘한다 해도 초인급 소드하이어 10인을 능가할 정도는 아니다. 정보부 입장에선 도저히 납득이 안 가는 상황이었다.

하지만 배후에 바락 본인이 있었다면 모든 것이 말이 된다.

릴스타인 앞에 서서 참모부의 수뇌, 에들렌 백작은 자신만만하게 말했다.

"바락의 존재를 계산에 넣고 다시 전략을 짜겠습니다. 이번에야말로 진정한 승리를 폐하께 안겨드릴 수 있을 겁니다!"

릴스타인은 고개를 저었다.

"그럴 필요는 없다."

"예?"

에들렌 백작은 어리둥절해했다. 릴스타인이 환하게 웃었다.

"오히려 좋은 기회가 아니더냐?"

*　　　　*　　　　*

패배한 릴스타인 왕국은 이내 전열을 정비하고 새로이 전쟁을 준비했다. 하지만 세인들의 예상과 달리 그 전쟁은 라텐베르크 왕국에게 설욕을 갚기 위함이 아니었다.

라텐베르크의 패잔병을 포함한 4,000의 군세가 이나시우스 교국의 2차 침공군으로 동원되었다. 지휘관은 한 번 더 기회를 얻은 하이어 젤타인, 흥룡기사단은 참전하지 않았지만 대신 50명에 가까운 소드하이어와 상아탑의 전투 마기언이 투입되었다.

크림슨 나이츠 역시 10인이나 포함한 강력한 전력이었다.

현재 이나시우스와 테오란트 양국은 영토의 일부를 빼앗긴 채 중간 방어선을 굳히고 릴스타인의 침공에 결사항전으로 버티는 중이다. 여기에 저 정도의 전력이 추가로 투입된다면 이나시우스 교국 입장에선 도저히 감당할 수가 없다.

테오란트, 라텐베르크 왕국은 일단 뒤로한 채 이나시우스 교국부터 확실히 처리하겠다는 의도인 것이다.

정보를 입수한 켈테론은 당혹스러워했다.

"왜 이제 와서?"

이나시우스 교국부터 처리하려는 릴스타인의 속셈은 이해가 갔다.

아무리 용병왕 바락이 무신급 소드하이어라도 결국 일개 무인일 뿐이다. 무력은 높다지만 영향력 측면에서 혁명 7영웅을 따라잡을 순 없다. 릴스타인 입장에선 자신과 동등한 명성을 지닌 카렌 쪽이 훨씬 더 중요한 목표일 것이다.

'하지만 이럴 거면 처음부터 그냥 이나시우스 교국에 전력을 다하면 되었을 것을?'

점점 더 의중을 파악하기가 힘들다.

'어쨌건 이나시우스 교국이 멸망하는 걸 그대로 두고 볼 수만은 없지. 동맹국으로서 원군을 보내야 해.'

아인츠 1세와 켈테론을 비롯한 라텐베르크의 수뇌부는 정무 회의를 열었다.

릴스타인의 재침공을 대비해 충분한 전력을 라텐베르크에 남겨야 한다는 의견과 어설프게 원군을 보냈다가 이나시우스 교국도 멸망하고 원군도 잃으면 최악의 상황이니 위험을 감수하더라도 충분한 병력을 투입해야 한다는 의견이 팽팽히 맞섰다.

양쪽 모두 타당한 의견이고, 전략상 장단점이 있다. 릴스타인의 움직임이 상식에서 벗어나다 보니 받아치는 측 역시 명확한 해답을 찾기가 힘들다.

결국 켈테론은 따로 성시한을 찾았다.

"어찌해야 좋겠습니까, 시한 님?"

"…나, 딱히 전략을 정식으로 익힌 적은 없는데? 그건 켈테론 자네가 더 잘 알겠지."

"그래도 저보다 릴스타인에 대해선 더 잘 아실 것 아닙니까?"

"솔직히 지금에 와선 잘 알고 있는 것 같지도 않지만……."

자신 없어 하면서도 시한은 머리를 굴렸다.

'자, 생각해 보자. 왜 릴스타인이 저런 짓을 했을까?'

결론은 금방 나왔다.

모르겠다.

'내가 알 리가 없지? 당시에도 그냥 시키는 대로 가서 싸울

뿐이었는데, 뭘.'

어쨌든 한 가지는 확실했다.

"함정일 거야. 도대체 무슨 함정을 판 건지 알 수 없어서 문제지만, 함정인 건 확실해."

혁명전쟁 시절에도 그랬다. 꿍꿍이가 있지 않은 이상은 언제나 논리적, 합리적으로 군대를 운용하던 릴스타인이었다.

"즉, 합리적이지 않는 행동을 보인다면 무조건 꿍꿍이가 있단 소리지."

함정이 뭔지 모르니 피할 순 없다. 하지만 적어도 함정이 있다는 걸 알면 대비는 할 수 있다.

"알 수 없는 변수에 대비하는 제일 좋은 방법은 기동력과 소수 정예지. 빈집 털이를 당해도 빨리 돌아갈 수 있고, 만일의 사태에도 최소 도망갈 수는 있을 테니까."

성시한과 바락을 포함한 창천기사단만 이나시우스 교국의 원군으로 향한다. 이렇게 하면 총 인원이 40을 넘지 않으니 기동력도 충분히 보장된다.

필요한 군대는 이나시우스 교국에서 제공받는다. 3,000 정도의 병력이라면 창천기사단의 힘을 최대한 발휘하기에 충분하리라.

이것이 성시한이 떠올린 대처법이었다. 켈테론은 고개를 끄덕였다.

"실은 저도 그렇게 생각하고 있었습니다."

"…그럼 나한테는 왜 물어본 건데?"

"제가 워낙 소심해서 말입죠. 확인은 해야 하지 않겠습니까? 제 생각이 옳으리란 법은 세상 어디에도 없는데."

"신중하네."

"원래 신중함과 소심함은 종이 한 장 차이라고 하지요, 헤헤."

결론이 떨어지자 라텐베르크 왕국은 빠르게 움직였다.

흑사자 기사단이 대신 국경 수비를 맡고, 기존의 켈테론 기사단은 단독으로 이나시우스 교국으로 향했다. 그리고 교국과 연계해 미리 준비된 3,000의 군세를 이끌고 계속 남하했다.

릴스타인 왕국의 2차 침공을 막고, 그 여세를 몰아 교국의 본군과 합류해 1차 침공군까지 물리친다. 이것이 이들의 전략이었다.

소식을 들은 릴스타인 왕국의 2차 침공군도 진군로를 바꿨다. 수천의 군세가 북쪽과 서쪽에서 상대를 향해 움직였다.

그리고 5일 뒤, 결국 양군은 이나시우스 교국 서북부의 한 들판에서 서로 마주치게 되었다.

*   *   *

너른 들판 위에 군대가 진을 치고 있었다. 군대의 선두에 선 말을 탄 젊은 사내, 성시한은 들판 너머를 바라보며 안색을 굳혔다.

이제 곧 전투가 벌어진다. 수많은 목숨이 허무하게 사그라지는 대규모 전투가.

"무슨 생각 하나?"

시한 곁에 선 잘생긴 노인이 말을 걸었다. 새롭게 초빙된 켈테론 기사단의 검술 사범, 용병왕 바락이었다.

바락을 돌아보며 성시한은 조용히 웃었다.

"그냥, 잠깐 옛날 일이 떠올라서요."

고통받는 백성들을 위해서, 세상을 구하기 위해서 광제와 맞서 싸우던 기억 속의 친구들.

"그때는 참 다들 올바르고 정의로운 이들처럼 보였지요. 본색을 숨기고 있었던 건지, 세월이 흐르며 바뀌어 버린 건지는 모르겠지만……."

문득 시한이 조소를 흘렸다.

"아무리 그래도 그렇지, 어떻게 죄다 똑같은 놈들이 되어버렸는지 모르겠어요. 여섯 명이나 되는데 제대로 왕 노릇 하는 인간이 카렌 하나밖에 없다는 건 좀 웃기잖아요?"

사치와 향락을 빠져 살던 젝센가드는 광제나 다름없는 인간이 되어 있었다. 테오란트는 딱히 사치나 향락을 즐기진 않았지만, 오직 자신만이 옳다고 믿는 폭군으로 전락했다.

사파란이나 레비나는 통치자로서 크게 허물이 없었지만, 딱히 명군이라 불릴 정도도 아니었다. 그들 역시 화려한 궁궐을 세우고 사치를 해댔다.

젝센가드보다 나은 점은 국력이 받쳐 주다 보니 똑같은 사치를 해도 그나마 감당할 만했다는 것뿐이다. 그럭저럭 평범한 왕 수준이랄까?

6왕국으로 갈라진 테라노어에서 백성을 생각하는 통치를 펼친 이는 릴스타인과 카렌밖에 없었다.

'하지만 본색을 드러낸 지금은 릴스타인이 오히려 광제에 가장 가까운 존재가 되었지.'

성시한은 한숨을 내쉬었다.

"참 이해하기 힘드네요."

바락이 헛웃음을 보였다.

"뭐가 이해하기 힘들다는 거냐? 난 이럴 거 같더만."

"…짐작하고 있었다고요?"

설마 십 년 전에 이미 바락은 다른 이들의 이중성을 파악했단 말인가? 카렌을 제외한 다른 친구들이 사실은 전부 탐욕에 찬 이들이었고, 단지 그걸 숨기고 있었을 뿐이라고?

"꼭 그런 건 아니고. 그땐 다들 욕심과 순수한 면이 함께 있었지. 평범한 다른 사람들처럼 말이야. 그걸 부인하진 않는다.

아, 레비나 그 요망한 것 빼고."

바락조차도 켈테론이나 다른 창천 기사들과 같은 소리를 하는 걸 보며 시한은 재차 한숨을 내쉬었다. 정말 자신이 당시 그녀를 잘못 보긴 한 모양이었다.

'어휴, 나란 놈은 도대체… 무슨 콩깍지로 라식 수술을 한 것도 아니고……'

바락이 말을 이었다.

"다들 무력으로 권력을 쥔 처지가 아니더냐? 그런 놈들은 결국 이런 식으로 귀결될 수밖에 없다. 역사를 보면 알 수 있지."

"어째서요?"

"남 눈치를 볼 필요가 없잖아?"

인간은 환경에 좌우되는 생물이다. 타인의 의중을 파악할 필요가 없어지면 타인의 말에 귀를 기울일 필요도 없어진다. 자신이 옳다고 믿고, 자신이 절대적이라고 믿을 수밖에 없다.

"그럼 카렌은요?"

시한이 의아해하며 물었다. 카렌 역시 무력으로 권력을 쥐긴 마찬가지다.

별거 아니란 듯 바락이 대꾸했다.

"걔는 성직자잖냐?"

"성직자가 마기언이나 소드하이어랑 뭐가 다른데요?"

"성직자는 적어도 신의 눈치는 본다. 아무리 강력하고 위대한 성직자라 하더라도 말이야."

"그런 겁니까?"

시한은 실소했다. 프린이나 프레이어들이 들으면 분노할 표현이었다. 신앙이란 게 신 눈치나 보는 것은 아닐 텐데?

"물론 성직자도 타락하면 아주 밑도 끝도 없긴 하지. 보다 큰 이유는 카렌 그 아이의 바탕이 기본적으로 괜찮았기 때문일 게다."

아무리 인간이 환경에 지배된다 해도, 역사 속엔 무력으로 권좌를 차지하고도 백성들의 사랑을 받은 성군이 제법 존재한다. 결국 중요한 것은 개인의 성품이다.

"네 녀석, 뒤통수 맞고 집에 갔다며? 가장 기본적인 것조차 지키지 않은 놈들의 성품이 별수 있겠느냐? 뭐, 이야기를 듣고 보니 녀석들도 나름대로 이유는 있었던 것 같더라마는."

이미 바락은 시한에게 과거의 이야기를 상세히 들었다. 그리고 객관적으로 그 사실을 바라보고도 있었다.

제삼자의 눈으로 보면, 당시 혁명 6영웅의 배신도 이해할 구석은 있다.

"그걸 부인하는 건 아니에요."

불만스러운 얼굴로 시한이 툴툴거렸다.

"나도 안다고요. 잘못한 건 없지만, 그렇다고 내가 잘한 것도 없다는 것쯤은."

갑자기 바락이 검집으로 성시한의 머리를 두들겼다.

"거꾸로다, 이놈아."

맞아 봐야 아프지도 않지만 기분은 나쁘다. 시한이 인상을 썼다.

"뭐가 거꾸로라는 거예요?"

"이유야 어찌 되었건, 친구들 앞에서 칼을 뽑고 성질을 부렸으면 무조건 잘못한 거지. 당연한 거 아니냐?"

"그럼 죄 없는 사람들이 죽도록 내버려둬야 했단 말이에요?"

"아니, 그건 잘했지. 이유야 어찌 되었건, 무고한 사람들의 목숨을 구한 건 무조건 잘한 거다."

"…어쩌라는 말입니까, 도대체?"

검집을 도로 허리에 찬 뒤 바락이 부드럽게 웃었다. 장난기 어린 표정이 사라지고 제자를 바라보는 사부의 얼굴이 드러났다.

"잘못하기도 했고, 잘하기도 했다는 소리다."

잘한 것은 없지만 잘못한 것도 없다.

잘하기는 했지만 잘못하기도 했다.

겉보기엔 비슷해 보이지만 이는 사실 전혀 의미가 다르다.

"과오(過誤)를 공(功)으로 덮으려 하지 마라. 공은 공이고, 과오는 과오다. 둘은 전혀 별개야."

"그럼 제가 복수할 자격이 없단 말입니까? 그런 꼴 당해도 쌌다고?"

발끈하며 시한은 바락을 노려보았다. 바락이 혀를 찼다.

"복수하면서 굳이 되도 않는 자격 따위 찾지 말라는 말이다."

공과 과오가 별개란 소리는, 아무리 혁명 6영웅이 타당한 이유로 성시한을 배신했다 해도 그 과오가 사라지지 않는다는 의미도 된다.

"배신당하고 복수하겠다는 놈이 왜 스스로의 자격을 따지고 있어?"

"그야… 또다시 후회하고 싶지는 않으니까요."

시한이 머리를 긁적였다. 바락이 차분하게 말했다.

"어차피 인생은 후회의 연속이다. 뭘 해도 후회는 하게 되어 있어. 내가 그 많은 여인들을 취하고, 그 많은 자식들을 가지고, 그것들 보살피느라 등뼈가 휘면서 후회를 안 한 것 같으냐?"

시한은 굳이 대꾸하지 않았다. 십 년 전에도 바락은 수시로 '아이고, 내 팔자야. 내가 왜 아랫도리를 함부로 놀려서 이 나이에 이 고생을 하누!'라며 투덜대곤 했다.

"하지만 그래서 행복하지 않았을 것 같으냐?"

동시에 가족들의 이야기를 하며 세상 누구보다도 환하게 웃기도 했지.

"안 하고 후회하는 것보단, 저지르고 후회하는 게 나은 법이다."

"과연 대륙 전역에서 여자를 후리고 다니던 양반의 지론답네요."

시한의 반격에 바락은 멋쩍어 했다. 하기야 저게 자랑할 일은 아니지.

"어쨌거나……."

슬쩍 바락이 말을 돌렸다.

"녀석들은 분명 널 배신했다. 그리고 나름 그럴 만한 이유가 있었지. 솔직하게 대답해 보거라, 시한아. 그 이유가 납득이 가냐?"

"어느 정도는?"

이성적으로는 납득할 수 있었다. 전부는 아니더라도 일부는. 테오란트라는 타산지석 덕분이었다.

"하지만 용서는 안 돼요."

그래서 이유를 찾고 명분을 찾았다. 그러지 않으면 머리로는 납득했음에도 감정적으론 용서가 안 되는 자신의 모순을 설명할 수가 없었으니까.

"이유를 만들려면 못 만들 건 없다. 녀석들이 널 배신한 이유는 또 다른 광제를 만들 수 없다는 것이라며?"

그래 놓고 자신들이 또 다른 광제가 되었다. 그러니 성시한은 저들이 자신을 배신한 바로 그 이유를 들어, 저들에게 정당한 복수를 할 자격이 있다.

"그런데 지금 네 녀석이 분노하는 이유가 저것이냐?"

그건 아니다.

시한 스스로도 알고 있었다. 지금 자신이 느끼는 분노는 그렇게 거국적이고 정의로운 감정이 아니었다. 철저히 개인적이다.

바락은 그 점을 꼬집었다.

"믿고 따랐던 이들에게 배신당한 것, 아무리 타당한 이유가 있었더라도 저지른 잘못에 비해 치른 대가가 너무 크다고 여기기 때문이 아니냐?"

시한은 멍하니 고개를 끄덕였다. 바락이 단호하게 말했다.

"그럼 거스름돈을 돌려주어라. 테라노어에서 추방시키는 것이든, 아니면 죽음이든 그것은 상관없다. 그들에게 준 우정과 신뢰, 마음의 가치를 책정하는 건 시한아, 네 자신이다."

"…거스름돈인 거예요?"

성시한은 피식 웃었다. 과연 평생 돈만 밝혀온 양반다운 비유다.

하지만 이내 그의 표정은 굳었다. 바락의 다음 말이 이어진 탓이었다.

"이 말은 거스름돈이 안 남으면 돌려주어선 안 된다는 의미이기도 하다. 세상은 그것을 용서라고 부르지."

"용서……"

무심코 흑발의 아름다운 여인이 시한의 뇌리에 스쳐 지나갔다.

"복수할 자격이 있는 자가 세상에 있다면, 용서받을 자격이 있는 자 역시 세상엔 분명히 있다."

무고한 이의 죽음은 어떤 이유로도 용납될 수 없다. 그래서 카렌은 여왕이 되고서도 그토록 괴로워했고, 결국 도망치기까지 했다. 그녀의 죄책감은 단순히 성시한을 배신했다는 것에서만 비롯된 것이 아니다.

반면 다른 이들은 그럴 수도 있다며 태연히 넘겨 버렸다.

용서받을 자격이 있는 자가 있다면, 그럴 자격이 없는 자 역시 세상엔 분명히 존재한다.

"잘 판단하거라, 시한아."

노인의 목소리가 귓가에 잔잔하게 전해졌다.

"어떤 선택을 하건 어차피 후회는 남게 마련이다. 그렇다고 이러나저러나 마찬가지라는 소리도 아니지."

세상사는 자로 잰 듯 딱 맞아떨어지지 않는다. 하지만 경중조차 구별할 수 없을 정도로 그 경계가 모호하지만도 않다.

"크게 후회할지, 작게 후회할지 그 선택은 네 녀석의 몫이다."

성시한은 고개를 끄덕였다. 바락의 말에 전부 찬동하는 건 아니었다. 그래도 묘하게 머릿속이 맑아진 느낌이 들었다.

"우습네요. 이미 마음을 굳혔다고, 모든 미망은 사라졌다고 생각했는데."

이제 와서 재차 후련해지는 걸 보면 뭔가 응어리가 남아 있었던 걸까?

바락이 별 흰소리 다 한다는 표정을 지었다.

"원래 미망이란 건 안 사라져. 안 사라지는 쪽이 정상이다. 그게 사라지려면 오욕칠정을 버리고 성인이 되거나, 아니면 술 진탕 먹고 고주망태가 되거나 둘 중 하나뿐이지, 뭘."

시한은 키득거리며 웃었다. 힐끔 들판 저편을 보더니 바락이 말고삐를 당겼다.

"에구, 늙은이 잔소리는 이쯤 해야겠구나. 슬슬 온다."

들판 너머에 진을 친 릴스타인 침공군, 그들이 움직이기 시작한 것이다.

성시한이 고개를 끄덕이며 등 뒤로 손짓을 했다.

부-우-우-우-웅!

전투의 시작을 알리는 뿔피리 소리가 하늘 높이 울리기 시작했다.

전투는 처음부터 켈테론 기사단에게 유리하게 진행되었다.

초인급 소드하이어 10인을 내세운 4,000의 릴스타인 침공군을 상대로 켈테론 기사단은 노련한 대응을 펼쳤다. 평소처럼 서로 연계해 시간을 끌며 션 스테인과 용병왕 바락에게 공세가 집중되는 것을 막았고, 두 사람은 합공당할 위험 없이 크림슨 나이츠를 하나하나 상대할 수 있었다.

패왕기를 본격적으로 전개한 용병왕 바락과 션 스테인의 무용은 실로 놀라웠다. 창천과도 같은 푸른 투기강 아래, 크림슨 나이츠 대부분이 차례대로 죽음을 맞이했다.

50여 명의 소드하이어와 마기언 역시 상대하기 어렵지 않았다. 홍룡기사단 정도면 모를까, 평범한 소드하이어나 전투 마기언은 산전수전 다 겪은 창천기사단의 적이 되지 못했다.

창천기사단이 앞장서 승리를 이끌어가니 일반 병사들 역시 그 흐름에 따라가게 되었다. 수적으론 불리함에도 불구하고 3,000의 이나시우스 교국군이 오히려 4,000의 릴스타인 침공군을 압도했다.

한 번 기울어진 승부의 천칭은 전투가 끝날 때까지 회복되지 않았다.

결국 릴스타인 왕국군은 크림슨 나이츠 7인, 그리고 대부분의 소드하이어와 마기언을 잃었다. 병력 역시 1,000 이하로 줄었다.

단 한 번의 전투로 재기가 불가능할 정도의 큰 타격을 입은 것이다.

대패한 릴스타인 왕국군은 패잔병을 추스르며 힘겨운 후퇴를 감행했다. 많은 피해 끝에 그들은 간신히 켈테론 기사단의 추적을 벗어나 본국으로의 귀환 길에 올랐다.

켈테론 기사단, 그리고 3,000의 이나시우스 교국군은 환호성을 터뜨렸다.

완벽한 승리였다.

＊　　　　＊　　　　＊

진지는 승리한 기쁨으로 가득 차 있었다. 흥분한 병사들이 서로의 어깨를 얼싸안고 축하를 건넨다.

"이겼다! 이겼어!"

"으하하! 별거 아니구만! 릴스타인 왕국 놈들!"

"꼴좋다! 우리에겐 창천기사단에 무려 무신급 소드하이어까지 있다고!"

물론 그 속엔 부상을 입고 신음하는 이들도, 죽은 동료들을 떠올리며 눈물짓는 이들도 있었다. 하지만 그렇다고 해서 이겼다는 사실이 사라지는 것은 아니다.

켈테론 기사단 역시 흥분한 기색이 완연했다.

자신의 활을 매만지며 우드로우가 중얼거렸다.

"이 짓도 슬슬 익숙해지는데? 뻘건 놈들 상대하면서 아무도 안 죽었군."

켈테론 기사단 중 두 명이 부상을 입긴 했지만 아무도 죽지는 않았다. 초인급 소드하이어를 상대한 것치곤 놀라운 전과였다.

우드로우의 말에 창천 기사들이 고개를 끄덕였다.

"기본기가 약해서 그런지, 십 년 전보다 더 쉬운 느낌입니다."

"그리고 우리도 그동안 많이 늘긴 했으니까."

"게다가 대장도 있고, 바락 영감님도 있지. 역시 저 영감이 전장에선 참 믿음직해. 평소에 못 미더워서 그렇지."

그때 비렛타가 우드로우의 옆구리를 툭 찔렀다.

"다들 적당히 좀 해요."

그리고 턱끝으로 슬쩍 저편 막사를 가리킨다. 성시한과 용병왕 바락, 그리고 알리타와 제논이 서 있는 막사 쪽이었다.

"대장은 별로 표정이 안 좋다고요."

그제야 창천 기사들이 표정을 굳혔다. 다들 눈치를 보며 애써 얼굴에서 웃음기를 지웠다.

"그렇죠, 참."

"하긴 시한 대장 입장에선 마냥 기뻐할 수도 없겠지."

*　　　*　　　*

성시한을 바라보며 바락은 씁쓸한 표정을 지었다.

"미안하다, 시한아."

"아니에요, 어쩔 수 없죠."

시한은 고개를 저었다. 머쓱해하며 바락이 말을 이었다.

"생각보다 쉽지가 않더구나. 그놈들을 생포한다는 게."

성시한으로부터 크림슨 나이츠의 정체를 전해 들은 바락은 최대한 그들을 생포하기 위해 노력했다.

정체를 감추어야 하는 시한과 달리 바락은 전력을 다해도 되는 입장이었다. 마음껏 무신급의 경지를 드러낼 수 있는 것이다.

그래서 성시한도 꽤 기대를 했다. 바락이라면 어떻게든 저들을 생포할 수 있지 않을까, 하고.

하지만 그 역시 실패했다.

투기로 억눌러 지치게 만드는 수법은 통하지 않았다. 크림슨 나이츠는 투기가 바닥나 목숨이 위태로워져도 결코 전투를 멈추지 않았다. 오히려 탈진해 스스로 자멸해 버렸다.

팔다리 일부를 전투 불능으로 만들려 해도, 피를 흩뿌리며 계속 덤벼왔다. 심지어 팔다리를 다 잘라도 투기염동만으로 몸을 띄워 싸울 정도였다.

강한 충격으로 기절시키는 수법도 시도는 해봤는데…….

"무슨 수를 쓴 건지는 모르겠지만, 보통의 경우라면 기절할 충격을 줘도 오히려 더 흥분해서 날뛰니, 원."

머리통이 박살 날 만한 충격을 가해도 도무지 기절하지 않는다. 그렇다고 거기서 더 강하게 때리면 그냥 머리통이 박살 나버리지.

죽이는 건 어렵지 않은데, 살려서 제압할 방법이 없다.

크림슨 나이츠가 3인이나 살아서 도주할 수 있었던 이유가 이것이었다. 어떻게든 생포하려고 하다 보니 속전속결로 전투를 끝낼 수 없어 몇 놈은 놓쳐 버렸다.

미안해하는 바락을 향해 시한이 애써 웃음을 보였다.

"그래도 아군의 피해가 적으니 그걸 기뻐해야겠지요."

그러자 바락이 묘한 대꾸를 흘렸다.

"확실히 아군의 피해가 너무 적긴 하더라."

옆에서 듣고 있던 제논이 고개를 갸웃거렸다.

"피해가 적은 게 문제입니까?"

"좀 이상하지 않느냐?"

처음부터 전쟁을 해왔던 켈테론 기사단과 달리 바락은 중간부터 참전했다. 라텐베르크 왕국에서의 전쟁은 철저히 이야기로만 전해 들었다.

제삼자라서 더욱 객관적으로 볼 수 있는 사실도 있는 법이다.

"네 녀석들과 싸웠던 릴스타인 왕국군에도 저 뻘건 놈들, 10명이나 있었다며?"

"네."

알리타가 대신 대답했다. 바락이 질문을 이었다.

"그리고 너희들이 이겼지? 그놈들 다 죽였고?"

"마지막 3명은 바락 님이 해치우셨지만요. 아마 릴스타인 쪽에선 처음부터 바락 님이 전부 해치우신 걸로 알고 있을걸요?"

바락은 동의한다는 표정을 지었다. 그리고 미간을 살짝 찌푸렸다.

"그런데 왜 크림슨 나이츠를 10명밖에 안 보낸 거지?"

"10명밖에라니요? 무려 초인급 소드하이어가 10명인 겁니다만?"

황당해하며 제논이 바락을 바라보았다. 바락이 어깨를 으쓱였다.

"저런 반푼이 초인급 10명 정도는 나 혼자서도 감당할 수 있다. 열댓 명 이상이라면 목숨을 걸어야겠지만."

릴스타인 측에선 켈테론 기사단의 전력을 이리 파악했을 것이다.

무신급 소드하이어인 용병왕 바락과 초인급 중급 정도의 선 스테인, 그리고 초인급 발목 잡는 데는 달인 수준인 창천기사 단.

이들을 상대로 크림슨 나이츠 10인은 결코 충분한 전력이 아 닌 것이다. 심지어 충분하지 않다는 걸 라텐베르크 왕국 전투 에서 확인까지 마쳤다.

성시한 역시 비슷한 의문을 지니고 있었다.

"영감님의 말대로야. 납득이 안 가."

크림슨 나이츠는 지구인을 소환해 만들어낸 인조 소드하이 어.

이들의 강점은 단순히 초인급의 무력뿐만이 아니다. 철저한 익명성 또한 무시무시한 무기다.

테라노어 인이라면 초인급 소드하이어의 경지에 오르는 동 안 주변에 안 알려질 수가 없다. 건물을 짓는 데 1~4층을 무시 하고 대뜸 5층부터 지을 수는 없는 노릇 아닌가?

하지만 지구인은 아무도 정체를 모른다. 적색 갑주만 벗겨놓 으면 상대가 초인급 소드하이어인지, 일반 병사인지 구분할 길 이 없다.

당연히 일반병들 사이에 다른 크림슨 나이츠라는 복병이 숨 어 있을 거라 생각했다. 그래서 시한도, 바락도 전투 내내 그 점을 경계하며 싸웠다.

하지만 새로운 크림슨 나이츠가 모습을 드러내는 일 따윈 없었다. 그냥 그대로 전투가 종결지어졌다.

"질 걸 뻔히 알면서 동일한 전력을 다시 투입할 만큼 릴스타인이 여력이 없나?"

시한의 의문에 알리타가 어깨를 으쓱였다.

"그럴 수도 있지 않나요? 병력이란 게 마음대로 펑펑 불릴 수 있는 것도 아니잖아요."

"릴스타인 왕국에 아직도 크림슨 나이츠가 30명은 더 남아 있을 텐데?"

상대측에 크림슨 나이츠가 5인 정도만 추가 투입되었어도, 오늘처럼 손쉬운 승리를 거두지는 못했을 것이다. 패배하지야 않았겠지만 성시한이 정체를 드러낼 위험은 감수해야 했겠지.

"릴스타인이 아무리 소심해도 자기 몸을 확실히 지키겠다고 질 게 뻔한 전투에 군이 병력을 갈아 넣을 타입은 아니거든. 아, 켈테론이면 또 모르겠다."

애꿎은 켈테론을 들먹이며 시한은 피식 웃었다.

"하여튼 의문스러운 점이 많아. 설마 초인급 소드하이어를 소모품으로 쓴 건가? 하지만 왜? 지구인을 계속 소환할 수 있다 해도 초인급까지 키우려면 시간이 들 텐데? 설사 시간이 안 든다고 쳐도 이미 전력으로 충분한 이들을 군이 버릴 이유가 뭐가 있지?"

"이상한 점은 또 있다."

바락이 하늘 서쪽을 바라보았다.

"저쪽 지휘관 이름이 젤타인이라 했던가? 라텐베르크에서 도망친 그놈 맞지?"

제논이 고개를 끄덕였다.

"그렇습니다만, 왜 그러십니까?"

"패배한 장수가 다시 한 번 기회를 얻었다. 그런 것치곤 전혀 필승의 의지가 안 느껴지더구나."

설사 릴스타인 측에 여력이 없어서 저 전력이 최대였다 치자.

그렇다면 속임수를 쓰건, 계략을 쓰건 뭘 해도 해야 했다. 정면으로 충돌하면 필패라는 건 이미 라텐베르크 전투에서 확인이 끝났으니까.

하지만 젤타인은 그러지 않았다. 우직하리만치 정면으로 맞붙었다.

알리타가 의견을 내놓았다.

"전력상 상대가 안 된다는 건 어디까지나 이쪽 입장이고, 저쪽에선 아슬아슬하게 패배했다고 여겼을 수도 있잖아요? 그러니 초인급 10인이 합공해 바락 님을 죽이면 나머지는 쉽게 쓸어버릴 수 있다고 여겼을지도……."

그럴듯한 이야기였다. 인간은 원래 자신에게 불리한 점은 무심코 외면하고 유리한 점만 집중하는 습성이 있다.

제논이 바로 반박했다.

"하이어 젤타인은 그렇게 무능한 이가 아닙니다. 그 정도의 현황은 파악할 수 있는 실력을 가진 노련한 기사입니다."

성시한을 만나기 전에는 홍룡기사단의 일원이었던 제논이다. 하이어 젤타인에 대해서도 잘 알고 있었다.

"그는 소드하이어의 기량뿐 아니라 일군의 지휘관으로도 충분히 우수한 기사였습니다."

시한이 눈살을 찌푸렸다.

"그럼 더더욱 결론이 이상하게 나오잖아? 처음부터 지는 게 목표였다는 소리밖에 더 돼?"

*　　　*　　　*

후퇴하는 릴스타인 왕국군을 보며 젤타인은 한숨을 내쉬었다.

"후우……."

4,000에 달하던 병력이 고작 1,000 정도밖에 남지 않았다. 다들 제대로 쉬지도 못하고 계속 후퇴 중이었다.

피와 오물을 뒤집어쓴 채 지친 기색이 만연한 병사들을 보니 마음이 무겁기 짝이 없었다. 전투로 잃은 소드하이어와 마기언을 떠올리면 더더욱 침울해졌다.

"피해가 너무 크구나……."

하지만 잃은 크림슨 나이츠 7인에 대해선 별 감정이 없었다.

패장이 되어 돌아가는 심적 부담도 느끼지 않았다.

릴스타인은 그의 패배를 결코 탓하지 않을 테니까.

"그래도 다행이군, 이걸로 폐하의 명은 확실히 수행했으니."

* * *

다음 날 아침, 켈테론 기사단의 진지에 한 명의 전령이 도달했다. 중대한 전갈을 지닌 전령이었다.

"방어선이 깨졌습니다, 션 단장님!"

프레이어 호트렌이 이끄는 1만의 이나시우스 교국군, 그들은 중앙 관도를 관통하는 홀트 협곡에서 릴스타인 왕국군의 침공에 맞서고 있었다.

켈테론 기사단이 국경을 넘을 때만 해도 그 최종 방어선은 분명히 유지되고 있었는데…….

"사흘 전, 방어선이 돌파당하고, 3,000의 병력을 잃었습니다. 이후 릴스타인 침공군은 그대로 리자테리움 근역까지 진격했으며, 교국군은 수도까지 후퇴했습니다."

전령의 전갈을 들은 성시한의 안색이 일그러졌다.

"홀트 협곡에서 사흘 만에 리자테리움까지? 그럼 거의 진군을 제지하지 못했다는 소리잖아? 전력 차이가 그렇게 심했었나?"

"릴스타인 침공군에 숨겨둔 10인의 크림슨 나이츠가 더 있었습니다."

총 18인의 크림슨 나이츠를 앞세운 5,000의 릴스타인 왕국군 앞에서 교국군은 아무것도 하지 못했다. 파죽지세로 밀고 나간 릴스타인 왕국군은 현재 리자테리움을 하루 앞둔 거리에서 마지막 일전을 준비 중이었다.

그야말로 풍전등화의 상황이었다.

"이제 유일한 희망은 창천기사단뿐입니다."

라텐베르크에서 확실한 승리를 거둔 창천기사단과 전설의 3대 무신 중 하나, 용병왕 바락의 합류만이 이 위기를 타개할 유리한 방법이리라.

"부디 어서 빨리 리자테리움으로……."

보고를 올린 전령은 이내 혼절했다. 워낙 급한 사안이라 자신을 돌보지 않고 이곳까지 달려온 것이다.

병사를 시켜 그를 돌보게 한 뒤 성시한은 창천기사단을 불렀다.

"모두들, 출정 준비. 지금 당장 왕도로 향한다."

병사들을 이끌고 리자테리움으로 향하면 족히 일주일은 걸린다. 하지만 창천기사단만 움직이면 사흘 안에 도착할 수 있다.

"전투의 피로도 채 풀지 못했을 텐데 미안하다. 하지만 한시가 급해."

시한의 명령에 불만을 보이는 이들은 없었다. 이 정도로 급박한 상황은 혁명전쟁 시절에도 흔했다.

"이런 일이 한두 번 있었던 것도 아닌데요, 뭘."

"피로는 달려가면서 풀면 됩니다."

짐을 꾸리며 우드로우가 시한에게 말했다.

"역시 크림슨 나이츠를 추가로 숨겨두고 있었군요."

"카렌을 확실하게 처리하기 위해서겠지. 사파란 때처럼 말이야. 어쩐지, 아무리 릴스타인이라도 호위 명목으로 초인급 40명은 너무 많다 싶었어."

현재 남은 테라노어의 강자들, 은형의 레비나며 힘을 잃지 않은 카렌, 용병왕 바락과 기타 초인급 소드하이어들이 모두 몰려가도 릴스타인과 크림슨 나이츠 스무 명 정도면 충분히 감당할 수 있다. 사실 40명씩이나 쟁여둘 필요는 없는 것이다.

비렛타가 뭔가 떠오른 듯 말했다.

"그럼 저 18명 말고 추가로 숨겨둔 크림슨 나이츠가 또 있진 않겠네요? 대충 계산해 보면 현재 릴스타인 곁엔 20명 남짓만 남았으니까요."

테라노어의 강자들이 모두 몰려와도 초인급 스무 명으로 충분히 감당할 수 있다는 소리는, 거꾸로 말하면 초인급 스무 명은 무조건 곁에 둬야 최악의 상황을 피할 수 있다는 의미도 된다.

시한이 고개를 저었다.

"릴스타인의 성격을 보면 그럴 가능성이 높지만, 또 모르지."

무신급 소드하이어인 용병왕 바락과 초인급을 상대하는 데 특화된 창천기사단, 힘을 잃지 않았다고 가정할 때의 카렌의 힘을 더하면 18명의 크림슨 나이츠로도 필승을 장담하긴 힘들다.

승패는 거의 반반, 붙어보기 전엔 알 수 없다는 쪽이 정답이다.

어쩌면 대여섯 명 정도 크림슨 나이츠를 더 숨겨놨을 수도 있고, 어쩌면 저 상태로도 충분히 성과를 낼 수 있다고 여길 수도 있고, 어쩌면 또 다른 제3의 함정을 파놓았을 수도 있다.

"지금 확실한 건 하나뿐이야. 릴스타인이 직접 나서지 않았다는 것. 적어도 왕궁에 꾸준히 모습을 드러내고 있으니까."

그 외엔 전부 탁상공론이다. 직접 부딪혀 보기 전엔 아무것도 확신할 수 없다.

말에 오르며 제논은 혀를 내둘렀다.

"놈들이 왜 저런 식으로 나왔는지 알겠군요. 그냥 우리 발을 묶는 게 목적이었다, 이거지?"

알리타가 의문을 표했다.

"그것도 앞뒤가 안 맞지 않아요? 우리 발을 묶으려는 게 목적이라면 더더욱 확실히 했어야죠. 이렇게 묶다 말 것이 아니라."

여전히, 왜 굳이 10인이나 되는 초인급 소드하이어를 버린 패로 썼는지는 알 수가 없다.

바락이 손사래를 쳤다.

"크으, 원래 릴스타인 녀석의 전략이라는 게 예전부터 결과가 나오기 전엔 도무지 이해가 안 갔었다. 자꾸 고민만 하다 보면 죽도 밥도 안 되느니라."

"맞는 말이에요."

성시한은 말고삐를 당겼다. 창천기사단에게 출진 신호를 보내며 그가 중얼거렸다.

"지금은 무조건, 최대한 빨리 리자테리움으로 향하는 수밖에 없어요."

*　　　*　　　*

이나시우스 교국의 왕궁, 밤의 눈동자.

중앙 홀의 왕좌에 앉아 카렌은 대신들의 회의를 지켜보고 있었다.

"전서 올빼미가 도착했습니다. 오늘 아침, 용병왕 바락과 선단장, 창천기사단이 연락을 받고 바로 출발했다고 합니다."

"오오! 정녕 크론 리자테께서 가호하심이군요."

"그렇다면 이틀 안에 도착할 수 있겠군요?"

일부 젊은 신하들은 희망을 가지고 떠들고 있었고……

"시간이 맞지 않소. 이미 릴스타인 왕국군은 샤렐 평원까지 진군했소이다. 내일 오후쯤이면 리자테리움에 도착할 거요."

"현재 우리의 전력으로 과연 그들을 막을 수 있겠소?"

"전력에서 밀린다네. 이틀이라면 리자테리움이 초토화되기에 충분한 시간이지."

일부 나이 든 대신들은 비관적인 태도를 보이고 있었다.

확실히 현재 리자테리움의 전력으로는 밀려오는 릴스타인 왕국군을 감당하기 힘들다. 병력의 수나 소드하이어, 마기언의 질적인 면은 비슷하지만 저놈의 크림슨 나이츠가 문제다.

"초인급 소드하이어가 무려 18인이오. 반면 이쪽엔 카렌 여왕 폐하와 프레이어 호트렌뿐이지."

젊은 신하 한 명이 의아해하며 물었다.

"프레이어 호트렌께서 이끄는 신전 기사단이 있지 않습니까? 그들이 크림슨 나이츠를 맡아 시간을 끌면······."

창천기사단의 전술을 따라 하면 되지 않겠냐는 질문이었다. 혁명전쟁 시절의 노장들이 코웃음을 쳤다.

"하! 상식적으로 기사급 몇 명이서 초인급의 발목이라도 붙잡는 게 가능한 일인 줄 아나?"

"테라노어에서 저 미친 짓이 가능한 건 오직 창천기사단밖에 없어!"

"그나마 창천기사단이니까 그런 말도 안 되는 짓을 하는 거라네!"

무수한 구박을 받은 젊은 신하가 어깨를 움츠리며 항변했다.

"그럼 어쩌잔 말입니까? 리자테리움을 버리고 도망이라도 가자고요?"

이번엔 노장들의 기가 꺾였다.

"그, 그런 말은 아니었다네. 단지 그렇게 마냥 희망찬 상황인 건 아니라는 게지."

과하게 들뜬 면이 없는 것은 아니지만, 이번엔 젊은 신하들의 의견이 옳았다.

이틀 뒤에 원군이 온다. 그것도 단순한 원군이 아니라, 이미 수많은 크림슨 나이츠를 베며 그 위용을 과시한 확실한 전력이다.

당연히 싸워야 한다.

싸워서 버텨야 한다.

나이 든 대신 중 한 명이 회의실을 돌아보며 입을 열었다.

"아무리 카렌 여왕 폐하시라도 초인급 18명을 모두 상대할 순 없겠지. 그렇게까지 폐하에게만 매달릴 수도 없는 노릇이 고."

하지만 이틀을 버틸 뿐이라면? 그 정도는 신전 기사단이 전력으로 카렌을 보좌한다면 충분히 가능한 일이다.

"안 그렇습니까, 여왕 폐하?"

신뢰와 충성심이 가득한 신하들의 눈빛에, 카렌은 아무런 대꾸 없이 웃기만 했다.

*　　　　*　　　　*

태연자약한 미소를 머금은 채 카렌은 절망에 빠졌다.

'그래, 릴스타인.'

왜 그녀의 옛 친구가 그렇게 애매하게 창천기사단의 발목을 잡았는지 알겠다.

'이게 목적이었단 말이지?'

초인급 소드하이어가 18인이나 모습을 드러낸 시점에서, 이나시우스 교국 단독으론 도무지 릴스타인 왕국군을 상대할 방법이 없어졌다. 설사 카렌이 힘을 잃지 않았다 하더라도 저 전력 차이를 매우는 것은 무리다.

만약 처음부터 이렇게 밀렸다면 그녀의 선택지는 두 가지였다.

수도를 버리고 도망가 기회를 노리거나, 아니면 백성들의 피해를 고려해 분루를 삼키고 항복하는 것.

하지만 지금은 창천기사단이라는 원군이 있는 것이다.

카렌 이나시우스와 교국군, 거기에 용병왕 바락과 선 스테인이 있는 창천기사단이 힘을 합치면 이 위기를 타개할 강력한 전력이 된다. 충분히 승산이 있다.

이나시우스 교국에 희망이 생겼다.

동시에 카렌의 선택지는 모조리 사라졌다.

이제 그녀는 도망칠 수도, 항복할 수도 없다.

'…확실하게 날 처리하겠다는 거겠지. 사파란처럼.'

릴스타인은 창천기사단 쪽에 일부러 어중간한 병력을 보냈다.

너무 약한 병력으로 창천기사단을 상대하면 순식간에 전멸당했을 것이다. 시간을 지체시키지도 못했을 테니 지금쯤 창천기사단이 리자테리움에 도달했겠지.

그렇다고 확실하게 상대할 수 있는 전력을 투입하면, 그 결과 며칠씩 창천기사단의 발을 묶어버리면 이번엔 리자테리움

쪽에 희망이 사라진다.

이틀을 버텨야 한다면 희망이 앞서겠지만, 보름을 버텨야 한다면 절망을 먼저 느끼게 된다. 그럴 바엔 일단 도망쳐 시간을 번 뒤 창천기사단과 합류해 반격을 시도하는 쪽이 더 낫다.

저 어중간한 이틀이라는 창천기사단의 이동 시간.

아슬아슬한 거리에 희망이라는 미끼가 놓임으로써 이나시우스 교국에겐 결사항전 외에 어떤 선택지도 남지 않게 되었다.

'절묘하게 시간을 배합했구나, 릴스타인.'

물론 이틀만 버티면 되긴 한다. 그럼 릴스타인의 계책은 깨지고 이나시우스 교국이 오히려 역공에 나설 수 있겠지.

'문제는 여기까지 수를 써둔 릴스타인이 절대 이틀을 버티지 못할 준비를 해두었을 거라는 점이지.'

생각을 전개하다 말고 카렌이 속으로 웃었다.

'아니, 무의미한 가정이네. 어차피 이틀을 버틸 방법도 없는데.'

저 이틀이라는 시간은 어디까지나 카렌의 권능이 건재하다는 것을 가정했을 때 버틸 수 있는 기간이다.

하지만 그녀는 힘을 잃었다. 일개 평민 처녀만도 못한 존재가 되었다.

프레이어 호트렌과 신전 기사단, 이나시우스 교국군만으론 18인의 초인급을 상대로 반나절도 버틸 수 없다. 설사 릴스타인이 다른 수를 준비하지 않았다 해도 어차피 이틀을 버틴다는 건 꿈같은 소리인 것이다.

절망 속에서도 카렌은 애써 웃었다.

회의 중이었다. 대신들에게 그녀의 절망이 전해지면 곤란했다. 그들은 여전히 자신의 여왕이 건재하다 믿고 있었으니까.

문득 유혹이 느껴졌다.

'차라리 이대로 도망가 버릴까?'

그럼 릴스타인에게 제대로 한 방 먹일 수야 있겠지. 존재하지도 않는 카렌이란 강적을 계속해 신경 쓰게 만들 수 있을 테니까.

그럴 수는 없었다.

만약 여기서 갑자기 카렌이 사라지면 릴스타인은 그녀를 찾기 위해 온갖 수를 다 쓸 것이다. 그 과정에서 얼마나 많은 백성들이 피를 흘리게 될지…….

'아니면 사실을 밝혀 버리는 건 어떨까?'

카렌이 힘을 잃었음을 알리고, 이대로 릴스타인 왕국에게 항복해 버리는 건?

카렌 한 명이 자존심을 굽힘으로써 수많은 병사와 백성의 피가 흐르는 걸 막을 수 있다. 카렌이 스스로 항복하면 평판을 우선시하는 릴스타인이 그녀를 죽이거나 하진 않을 것이다.

그럼 릴스타인 밑에서 그를 보좌하고, 때론 견제하며 살 수도 있겠지. 어쩌면 이쪽이 피를 덜 흘리는 길일지도 모른다.

…릴스타인이 평범한 수준의 군주이기만 했다면 말이다.

그는 이미 수많은 루스클란 황족을 실험체로 썼고, 지구인을 멋대로 소환해 노예처럼 부리고 있으며, 사파란과 카렌을 확실히 처리하기 위해 충성스러운 부하들마저 사지로 밀어 넣었다.

그 과정 자체는 분명 합리적이다.

결코 사람들을 불필요한 죽음으로 밀어 넣지 않았다. 필요할 때, 필요한 만큼만 소모시켰다.

'하지만 사람의 생명은 필요하다고 해서 지울 수 있는 것이 아니야!'

지금의 릴스타인은 더 이상 카렌이 아는 과거의 그가 아니었다.

인간을 단순한 숫자로, 사람의 인생은 그 숫자로 이루어진 술식으로만 보는, 더없이 차분하고 냉정한 광기의 소유자가 되었다.

'그런 인간에게 세상을 넘겨줄 순 없어.'

교황인 그녀가 고개를 숙이면, 그것은 곧 릴스타인의 지배를 여신의 이름으로 인정하는 행위가 되어버린다. 여신을 믿고 따르던 신민들 역시 저항의 의지를 잃고 마음이 꺾여 버릴 것이다.

굽힌 몸은 다시 펼 수 있지만, 꺾인 마음은 쉽게 펴지지 않는다.

"하아……."

회의실의 신하들 몰래 카렌은 한숨을 내쉬었다.

도망칠 순 없다.

항복할 수도 없다.

동시에 예정된 패배로 인해 범람할 피와 죽음 역시 최대한 줄여야 한다. 그것이 왕의 의무다.

이 모두를 만족시키는 방법은 하나뿐이었다.

'…난 죽어야겠구나.'

그것도 모두의 앞에서, 누구나 확인할 수 있는, 의심할 여지가 없는 죽음이어야 하다.

의심을 품은 릴스타인이 불필요한 피가 흐르게 하지 않을 정도로 확실하고, 남은 신민들이 올바른 분노를 가질 수 있을 정도로 완벽한 죽음이어야 비로소 가치가 있다.

'하하……'

무심코 슬픈 미소가 카렌의 입가에 떠올랐다.

가까이 있던 신하 하나가 의아해하며 그녀를 불렀다.

"폐하, 혹시 마음에 걸리는 일이 있으신지?"

"아무것도 아니다."

애써 카렌은 안색을 바꿨다. 평소처럼 도도하고 오만한, 여신의 대행자다운 권위 있는 표정이 얼굴을 뒤덮어갔다.

그녀는 아무런 힘도 남아 있지 않았다. 감정을 숨기는 것만이 지금의 카렌이 할 수 있는 전부였다.

다행인지, 불행인지 이것만큼은 쉬웠다.

이미 몇 년 동안이나 해왔던 일이니까.

*　　　　*　　　　*

다음 날, 예정대로 수천의 군세가 리자테리움의 성벽 너머에 모습을 드러냈다. 홍룡기사단의 일원 하이어 애플리크가 이끄는 릴스타인 침공군이었다.

대열을 갖춘 뒤 애플리크는 눈앞의 도시를 바라보았다. 굳건한 성벽과 우뚝 솟은 거대한 검은 탑, 과연 과거 제국 4대 지방 도시 중 하나다운 위용이었다.

정상적으로 저 도시를 점령하려면 족히 수만의 군세가 필요할 것이다.

아무리 인간의 한계를 초월한 소드하이어라도 수십 미터의 성벽을 마음대로 오르내릴 순 없다. 철저한 대마법 방어진이 펼쳐진 성문은 고위 마기언이라 할지라도 쉽게 부수기 힘들다. 높은 성벽은 투기와 마법의 힘이 있는 테라노어에서도 가장 효율적인 방어법이다.

하지만 애플리크는 걱정하지 않았다.

'후후, 초인급 소드하이어에게 저런 성벽 따위는 아무런 장애물이 되지 못하지.'

정확히는 초인급 소드하이어'들'에겐 아무런 장애물이 되지 못한다는 표현이 옳다.

각국에 초인급 소드하이어가 많아 봐야 한둘일 땐 성벽이 충분히 의미가 있었다. 한둘의 초인이 성벽을 넘어 앞서 진격하더라도, 병사들이 뒤따르지 못한다면 고립되어 전사할 뿐이다.

하지만 그 초인이 수십 명이라면 이야기가 다르다. 테라노어의 기존 전술 자체를 무시해 버리는 반칙적인 힘인 것이다.

애플리크는 등 뒤를 돌아보았다. 적색 갑주를 걸친 18인의 초인들이 그의 명령만을 기다리고 있었다.

'이들이라면 아무리 카렌 여왕이라도 죽음을 피할 수 없을 것이다.'

그녀의 능력은 실로 무시무시하다. 십 년 전을 기준으로 정보부가 파악한 카렌 이나시우스의 전력만으로도 족히 크림슨 나이츠 7인과 필적한다.

하물며 지금은 과연 얼마나 더 강해졌을까?

어쩌면 10인 이상을 투입해도 필승을 장담할 수 없을지도 모른다. 실전은 단순한 수치로만 판가름 나는 것이 아니니까.

'그래서 아예 왕창 투입시켰지, 폐하도 성격이 좋진 않으시다 니까?'

도열한 크림슨 나이츠를 보며 애플리크는 쓴웃음을 지었 다.

아무리 변수가 생기고, 아무리 카렌의 실력이 예상외로 뛰어 나다 할지라도 18명쯤 되면 그 모든 것을 무시할 수 있다. 저 숫자는 무신급 소드하이어라 할지라도 목숨을 걸어야 할 전력 이다.

'그것도 모자라 따로 비장의 한 수도 준비해 두셨고.'

릴스타인은 신중했다. 사파란과의 일전을 통해 교훈도 얻은 그였다.

사파란처럼 카렌 역시 뭔가 숨겨둔 수법이 있을지 모른다는 가정을 놓치지 않았다.

그래서 준비했다.

카렌이 뭔가를 숨겨두었다 해도 충분히 감당할 수 있을 비장 의 한 수를.

애플리크의 시선이 18인의 크림슨 나이츠 중 한 명에게로 향 했다. 겉보기엔 다른 이들과 똑같은 인형일 뿐이지만, 사실은 릴스타인이 마련한 대 카렌용 결전 병기를 지닌 자였다.

'이긴다.'

확신을 담아 애플리크는 고개를 끄덕였다.

완벽하게 준비했고, 모든 변수를 고려했다.

가장 신경 쓰이던 용병왕 바락과 창천기사단은 이틀 거리 밖에서 아무것도 하지 못하는 처지고, 은형의 레비나는 팔로스 왕국에서 움직이지 않았음을 확인했다.

도대체 이 상황에서 패할 가능성이 뭐가 있을까?

'갑자기 전설의 이계구원자라도 하늘에서 뚝 떨어지지 않는 한은, 절대 질 수 없는 싸움이군.'

승리를 장담하며 애플리크는 리자테리움의 서쪽 성벽을 노려보았다.

성벽 위에 설치된 단정한 검은 장막 아래 한 여인이 릴스타인 침공군을 굽어보고 있었다.

크론 리자테의 여교황, 불사의 마녀 카렌 이나시우스였다.

*　　　　*　　　　*

차가운 바람이 분다. 등 뒤로 땋아 내린 검은 머리칼 사이로 한기가 스며든다.

살짝 머리를 매만지며 카렌은 속으로 중얼거렸다.

'춥네……'

대륙의 남쪽이라 봄이 이르긴 하지만, 아직 겨울 추위가 채 가시지 않았다. 주위의 병사들 역시 털외투는 벗었지만 두꺼운 망토로 몸을 두른 상태다.

반면 카렌은 팔다리와 허리 일부까지 훤히 드러내고 있었다.

초승달이 그려진 검은 휘장 아래 새하얀 맨살이 여실히 보인다. 심지어 장갑과 신발조차 착용하지 않았다. 아름다운 은제 팔찌와 발찌로 장식했을 뿐이다.

보기만 해도 추워 보이는 모습이었지만 사람들은 아무도 이상하게 여기지 않았다.

저 복색이야말로 카렌 이나시우스가 십 년 전, 혁명전쟁 시절부터 애용하던 전용 전투복이었다.

혁명전쟁 시절과 똑같은 모습으로, 태연자약하게 성벽 위에 서서 적군을 내려다보는 그 모습에 병사들은 안도했고, 또 희망을 가졌다.

'아무리 초인급 소드하이어가 스무 명 가까이 된다지만……'

'우리 여왕님은 혁명 영웅이셔!'

'비교가 안 되지, 비교가.'

사방의 시선을 느끼며 카렌은 속으로 쓴웃음을 지었다.

'이럴 줄 알았으면 십 년 전에 옷 좀 껴입고 싸울걸.'

그녀는 더 이상 불사의 마녀가 아니다. 더위와 추위를 무시하는 초인도 아니다.

솔직히 말해서, 얼어 죽을 것 같다!

그렇다고 두꺼운 털외투를 입고 있을 수도 없는 노릇이었다. 이제 와서 추위에 떠는 모습을 보여준다면 무능력해졌다는 사실이 들통날 수도 있는 것이다.

꾹 참고 과거의 전투복을 도로 꺼내 입었다. 만일을 대비해 화장도 두껍게 했다.

덕분에 새파래진 안색이며 입술이 들키진 않았지만…….

'아우, 추워…….'

뭔 짓을 해도 춥다는 사실은 변하지 않지. 벌벌 떨지 않기 위해 최대한 긴장을 풀고 있어서 그런지 더 추운 것 같다.

문득 웃긴 생각이 들어 카렌은 실소했다.

'만약 릴스타인이 한 달만 일찍 쳐들어왔다면 나, 싸워 보기도 전에 그냥 얼어 죽었겠는데?'

뭐, 큰 문제는 아니다. 어차피 이 추위를 오래 버틸 필요는 없다. 그 전에 결판이 날 테니까.

모든 준비는 끝내놓았다.

자신이 죽으면 바로 항복할 수 있게 절차도 미리 마련해 신하들에게 전달했다. 절대 그럴 일은 없을 거라며 만류하는 신하들도 있었지만, 모든 일에 준비해 두는 것이 여왕의 임무라는 말에 다들 납득했다.

남은 것은 여왕답게, 혁명 영웅답게 죽는 일뿐.

그냥 맥없이 죽어버리면 곤란하다. 존재를 과시하면서 죽어야 한다.

마지막으로 모든 신성력을 폭발시켜 되도록 많은 크림슨 나이츠를 저승길 동무로 데려가야 한다. 그래야 카렌의 죽음에도 의심이 없을 것이고, 또 남은 성시한의 부담도 줄어든다.

'타이밍이 중요하겠네.'

이거 참, 죽기도 쉬운 일이 아니다.

웃으며 그녀는 하늘을 올려다보았다.

우중충한 회색빛 하늘이었다. 당장이라도 비를 뿌릴 듯했다. 별로 죽기에 좋은 날씨는 아니었다.

'이왕이면 좀 맑았으면 좋았을 텐데.'

아쉽지만 어쩔 수 없다. 하늘이란 게 사람 마음대로 되는 것은 아니니까.

이윽고 성벽 너머에서 희미한 뿔피리 소리가 들려왔다. 릴스타인 왕국군이 움직였다. 그 선두에 빛의 검을 든 18인의 기사들이 말을 탄 채 질주하고 있었다.

카렌은 슬머시 옷깃을 여미었다.

여전히 바람은 차가웠다.

*   *   *

리자테리움은 동 빌라엔 강 중류에 세워진 도시, 동쪽 일대는 모두 강으로 둘러싸여 있었다. 필연적으로 전장은 도시 서쪽 성벽이 될 수밖에 없었다.

릴스타인 침공군은 세 부대로 나뉘어 리자테리움을 공략했다.

수천의 군세가 함성을 지르며 높은 성벽을 향해 밧줄을 던지고 사다리를 걸었다. 지구의 공성추 같은 건 등장하지 않았지만 대신 걸어 다니는 공성 병기, 마기언들이 성문을 향해 온갖 마법을 쏘아댔다.

이나시우스 교국군 역시 착실하게 성벽을 방어했다.

연신 화살을 쏘고, 기어오르는 릴스타인 왕국 병사들을 향해 긴 창을 휘두른다. 사다리를 밀치고 밧줄을 끊고 끓는 기름을 부으며 수성에 힘쓴다.

달의 신전 프린과 교국 측 마기언도 쉴 새 없이 움직였다. 날아드는 적군의 마법을 같은 마법과 신성술로 되받아치며 성문을 굳건히 지켰다.

그 혼탁한 전장 속에 투기강을 휘두르는 18인의 초인이 있었다.

"크아아!"

짐승의 포효를 터뜨리며 크림슨 나이츠는 성벽을 타고 올랐다.

압도적인 신체 능력을 지닌 그들에게 밧줄이나 사다리 따윈 불필요하다. 높은 성벽을 마치 평지라도 되는 양 가뿐히, 그저 발 디디는 것만으로 밟고 올라 순식간에 성벽 위에 모습을 드러낸다.

성벽에 오르자마자 18인의 적색 기사들이 일제히 한 방향으로 달려갔다. 미리 받은 명령을 수행하기 위해서였다.

'가로막는 모든 것을 쓰러뜨리고, 카렌 이나시우스를 죽여라!'

빛의 검이 휘둘러지며 병사들의 목숨이 초개처럼 날아간다. 검붉은 안개 사이로 아우성이 터져 나온다.

"으아악!"

"크림슨 나이츠다!"

아무리 훈련이 잘되었다 해도 일반 병사들에게 저 붉은 괴물들을 상대하라는 것은 어불성설이다.

청은색 갑주를 걸친 이들이 빠르게 크림슨 나이츠의 앞을 막았다. 이나시우스 교국의 최정에 신전기사단, 청월기사단이었다.

"막아라!"

"죽음을 두려워하지 마라!"

혈투가 벌어졌다. 찬란한 신성검이 투기강을 상대로 연신 빛을 번뜩였다.

테라노어의 전장에서 초인급 소드하이어를 붙잡아 놓을 수 있는 부대는 오직 창천기사단뿐이라는 것이 정설이다.

하지만 청월기사단 역시 혁명전쟁 때부터 전투의 잔뼈가 굵은 베테랑이었다. 이들 역시 마음만 먹으면 같은 일을 할 수 있었다.

다른 점이라면, 창천기사단은 피해를 최소화하며 초인급의 발목을 잡을 수 있지만 청월기사단은 그게 불가능하다는 것.

"으아아악!"

"여신이시여……."

수십의 청월기사가 죽어갔다. 크림슨 나이츠의 주위로 시체가 쌓이고 또 쌓였다.

이런 가혹한 대가를 치르고도 놈들은 멀쩡했다. 한 명도 쓰러지지 않았다.

하지만 청월기사단은 실망하지 않았다. 무수한 목숨을 던진 대가로 저들 중 10인의 발을 훌륭히 묶었으니까.

이들의 임무는 크림슨 나이츠를 해치우는 것이 아니다. 카렌 이나시우스와 프레이어 호트렌이 각개 격파할 수 있도록 분산시키는 것이 진짜 임무다.

"이나시우스 성하시라면……."

"카렌 님이라면 분명히!"

붉은 갑주를 걸친 절대적인 죽음, 그 앞에 서서 청월의 성기사들은 피 섞인 기도를 올렸다.

"달의 여신이여, 우리의 여왕을 가호하소서……."

*　　　　*　　　　*

전황을 지켜보며 카렌은 슬퍼했다.

'다들 미안해요……'

릴스타인 침공군을 상대하는 현 이나시우스 교국의 전략은 이것이었다.

18인의 초인급 소드하이어가 한꺼번에 덤벼들면 아무리 카렌 이나시우스라도 죽음을 피할 수 없다. 하지만 대여섯 정도라면 충분히 감당할 수 있을 것이다.

그러니 최대한 적들을 분산시킨다. 목숨을 던져서라도 적색 기사들을 물고 늘어져 카렌이 상대하는 숫자를 대여섯 이하로 줄인다. 그렇게 하면 비록 피해는 막심해도 적들의 공세를 막을 수 있다.

물론 릴스타인 왕국군 지휘관도 바보는 아닐 터이니 크림슨 나이츠의 피해가 커지면 도로 물러설 것이다. 그렇게 해서 이틀만 버티면 창천기사단이 온다.

현 상황에 충실한, 게다가 성공 가능성이 높은 전략이었다. 전략 자체는 나무랄 것이 없었다.

'내가 힘을 잃지만 않았다면 말이지……'

목숨까지 버려가며 싸우는 이들을 기만하는 행위다. 결코 용서받을 수 없는 일이다.

그래도 어쩔 수 없었다.

카렌이 힘을 잃었다는 것이 알려지면 릴스타인은 그 경위를 궁금해할 것이고, 그녀를 조사하려 들 것이다.

그럼 성시한의 존재가 들통나게 된다. 현재의 릴스타인을 막을 유일한 희망이.

'신민들의, 테라노어의 미래를 생각하면 이것이 최선이야.'

청월기사단에 의해 저지당한 이들을 제외한 8인의 크림슨 나이츠는 계속해서 카렌을 노리고 달려오고 있었다. 그 모습을 지켜보던 카렌이 문득 뒤돌아보며 말했다.

"이제 그만 내려가, 시디아. 위험하니까."

"카렌 님……"

뒤에 서 있던 삼십 대의 여인이 눈물을 보였다. 카렌을 빼닮은 얼굴로 안타까워하며 질문을 잇는다.

"꼭 이렇게까지 해야 하나요?"

"응."

"정말 다른 방법은 없는 거예요?"

"…어서 내려가."

고개를 숙인 채 시디아가 성벽 계단으로 향했다. 카렌은 뒤돌아보지 않았다. 다가오는 적색 기사들에게서 눈을 떼지 않은 채 담담히 운명을 기다린다.

그녀의 뒷모습을 보며 시디아는 애타게 기원했다.

'크론 리자테시여, 부디 저분께 당신의 기적을……'

＊　　　＊　　　＊

성벽에 오른 8인의 크림슨 나이츠, 그들은 계속해서 달려갔다.

가로막는 기사와 병사들을 모조리 베어 넘기며 오직 하나의 목표만을 노리고 야수처럼 울부짖는다.

"크아아아!"

프레이어 호트렌이 신성검을 뽑아 들었다. 그리고 성벽 우측에서 달려오는 4인의 적색 기사의 앞을 가로막았다.

"어림없다, 이놈들!"

청월기사단의 분투로 간신히 크림슨 나이츠 중 절반의 발은 묶었다. 하지만 8인의 초인급만으로도 위험하긴 마찬가지였다. 한 놈이라도 더 줄여서 카렌의 짐을 덜어주어야 했다.

이대로 4인의 발을 묶어놓는다면, 그 틈에 카렌이 남은 4인의 크림슨 나이츠를 처리하고 합류한다면 남은 놈들 역시 충분히 처리할 수 있는 것이다.

하지만 호트렌의 기량으로 상대할 수 있는 것은 크림슨 나이츠 둘뿐.

셋이라면 승패를 장담할 수 없고, 넷이라면 목숨을 걸어야 한다.

'그러니 목숨을 건다!'

파지지직!

신성검과 투기강이 허공에서 충돌했다.

그렇게 크림슨 나이츠 한 명을 쳐내며 호트렌은 바로 몸을 돌려 다른 세 놈에게도 참격을 날렸다. 그를 지나치려던 적색 기사들이 공격을 피해 뒤로 물러섰다.

성벽 가운데 서서 상대의 앞을 막으며 호트렌이 용맹하게 소리쳤다.

"네놈들의 상대는 나다!"

검투가 벌어졌다. 크림슨 나이츠가 투기강을 휘두르며 초인적인 몸놀림으로 호트렌을 압박해 갔다. 호트렌 역시 노련한 전투 경험을 바탕으로 전투를 풀어갔다.

기합을 터뜨리며 호트렌은 연신 신성검을 휘두르고 또 휘둘렀다.

"타아아앗!"

그때 예상 밖의 일이 일어났다.

"크르르……."

갑자기 크림슨 나이츠 중 한 명이 손에 든 검을 버리고 새 검을 꺼내 들었다. 검신이 칠흑처럼 새까만, 특이한 형태의 단검이었다.

단검을 쥔 채 적색 기사가 몸을 날렸다. 동시에 검이 어둠을 토했다. 칠흑 같은 기류가 사방으로 퍼지며 호트렌을 압박해 왔다.

"이, 이건?"

사지가 마비되는 기분이었다. 마치 진흙탕에 파묻힌 것처럼 몸이 느려지고 신성력마저 억제당한다.

모든 것이 저 단검에서 흘러나오는 검은 기운 탓이다. 호트렌 은 경악했다.

'설마 안티프레이어?'

성직자를 죽이는 칼날, 역천의 마검 안티프레이어.

이는 과거 루스클란 육호장 중 하나였던 센트레인 장군의 애 병이었다. 일월성신의 신성력을 억제하는 저 역천의 마검 앞에 얼마나 많은 프레이어들이 죽음을 당했던가?

치를 떨며 호트렌은 뒤로 물러났다.

'젠장! 저 마물이 어떻게 저놈들 손에?'

센트레인 장군은 죽었다. 이계구원자 성시한에 의해서.

마검 안티프레이어는 이계구원자의 손에 들어갔고, 성시한은 그를 바탕으로 혼천기를 만들어냈다. 이후 더 이상 필요 없어 진 저 마검은…….

'어떻게 되었더라?'

잠깐 고민한 그는 이내 해답을 찾았다.

'…가장 친한 친구에게 넘겨줬었지.'

그 친구가 바로 혁명 7영웅, 적색의 릴스타인이다.

'아, 안 돼!'

호트렌의 안색이 굳었다.

저 마검은 신성력을 사용하는 이들의 천적이나 다름없다. 카렌 정도라면 마검으로도 능력을 전부 억누를 수 없겠지만, 권능의 일부가 약화되기만 해도 현 상황에선 충분히 위험해진다.

'막아야 해! 이놈을 이나시우스 성하께 보낼 순 없다!'

다급해진 호트렌이 안티프레이어를 쥔 적색 기사에게 달려들었다. 하지만 이미 마검의 기운이 그를 잠식하고 있었다.

움직임도 기세도 점점 약해진다. 전신이 무거워지고 찬란한 신성검의 칼날이 흐려져 그 빛을 잃어간다.

결국 호트렌은 일검을 허용했다. 단검의 흑색 칼날이 그의 옆구리를 깊숙이 베고 지나갔다.

"크윽!"

평소라면 강력한 신성력에 의해 보호받았을 은빛 갑주, 하지만 안티프레이어의 기운에 신성력이 억제된 지금은 평범한 철판에 불과할 뿐이다.

"으으으……."

신음하며 호트렌은 그대로 쓰러졌다.

쓰러진 그를 크림슨 나이츠는 무시했다. 마지막 일격을 가하지 않고 바로 발길을 돌려 다시 카렌에게로 향했다.

이들에게 주어진 명령은 '가로막는 모든 것을 쓰러뜨리고 카렌 이나시우스를 죽여라.'였다. 이미 쓰러진 호트렌은 더 이상 관심의 대상이 되지 못했다.

덕분에 호트렌은 살아남았다. 하지만 다시 일어나지는 못했다. 일월성신의 성직자들이 지닌 어쩔 수 없는 약점 탓이었다.

옆구리의 상처를 통해 역천의 기운이 전신을 잠식한다. 신성력이 억제되자 육신은 물론이고 정신마저 흐릿해진다.

'카, 카렌 님……'

멀어지는 크림슨 나이츠의 모습이 점점 어둠 속으로 사라져 갔다.

절망 속에서 호트렌은 의식을 잃었다.

       *   *   *

기절한 호트렌을 보며 카렌은 안도의 한숨을 쉬었다.

'다행이다.'

백금위의 성기사는 이런 곳에서 잃기엔 너무 아까운 인재였다. 후일을 대비하려면 그는 살아남아 줘야 했다.

그녀는 시선을 돌렸다.

달려오는 크림슨 나이츠가 보였다. 선두에 선, 검은 기운을 흩뿌리는 단검을 쥔 적색 기사 역시.

보자마자 저 단검의 정체를 알아차릴 수 있었다. 카렌이 피식 웃었다.

'릴스타인이 준비한 비장의 한 수가 저거였나?'

성직자를 죽이는 역천의 마검 안티프레이어, 대륙 최강의 성직자를 상대로 저 검을 준비한 것은 실로 타당하다. 과연 만일의 사태까지 신경 쓰는 릴스타인답다.

'굳이 저럴 필요도 없었지만 말이지.'

그러는 동안 반대편에서 4인의 크림슨 나이츠가 도달했다. 명령에만 충실한 인형답게 카렌을 보자마자 대뜸 살기를 터뜨린다.

"크르르르……."

카렌은 천천히 자세를 잡았다. 평생 갈고닦은 맨손 체술, 리자테린의 기본세였다.

그 상태로 힐끔 우측을 살핀다.

남은 4인의 크림슨 나이츠가 그녀를 향해 달려오고 있었다. 보아하니 이곳까지 오는 데 얼마 걸리지 않을 것 같다.

'이왕 마지막 힘을 쓸 거라면 최대한 많은 피해를 줘야겠지?'

죽기 전에 저들 역시 처리하고 싶었다. 일격에 죽이진 못하겠지만, 그래도 팔다리 하나 정도는 빼앗을 수 있을 것이다.

하지만 그러려면 당장 눈앞의 위기부터 넘겨야 한다.

"크아아!"

포효와 함께 4인의 적색 기사가 몸을 날렸다.

카렌의 사방을 포위하고 뽑아 든 투기강을 휘두르며 매서운 공격을 가한다. 채 눈으로 따라가지 못할 가공할 스피드, 일반인이 된 카렌의 동체 시력이나 반사 신경으론 범접하지 못하는 초인의 영역이다.

카렌이 천천히 움직였다.

"흡!"

짧은 기합과 함께 몸을 틀며 손을 뻗는다. 느리지만 유려한 움직임으로, 닿기만 해도 모든 것을 베어내는 파괴의 빛 사이를 파고든다.

상대의 공격을 볼 수는 없다. 하지만 상대의 자세와 움직임, 그 흐름을 보면 다음 동작을 예상할 수 있다.

상대의 움직임을 따라잡을 순 없다. 하지만 정확한 타이밍이 '먼저' 움직이면 느려진 육신으로도 상대의 움직임에 맞출 순 있다.

카렌이 양손을 크게 휘저었다.

동시에 크림슨 나이츠 4인이 사방으로 튕겨져 나갔다. 빗나간 투기강이 성벽 곳곳을 두들기며 폭음을 토했다.

콰콰콰쾅!

아무런 힘도 없는 일개 여인의 육신만으로, 초인급 소드하이어 넷을 오히려 내던져 버린 것이다. 오로지 기술과 경험만으로 상대의 힘을 역이용해 이룬 쾌거였다.

'이들이 한꺼번에 덤벼서 다행이네.'

카렌이 비틀거리며 신음을 흘렸다.

"윽……."

최소한의 힘만을 썼음에도 불구하고, 그 최소한의 힘조차도 지금의 그녀에겐 심각한 부담이었다. 단 한 번의 움직임으로 내장이 뒤집히는 것 같은 통증이 전신을 엄습해 온다.

'…역시 한 번이 한계인가?'

기술과 경험만으로 할 수 있는 것은 여기까지인 것 같다.

게다가 딱히 적에게 무슨 타격을 준 것도 아니었다. 나가떨어진 크림슨 나이츠들은 무슨 일 있었냐는 듯 다시 일어나고 있었다. 이들에게 카렌의 역공은 기껏해야 실수로 미끄러진 정도에 불과한 것이다.

'그래도 이거면 충분해.'

카렌은 빙그레 웃었다. 드디어 남은 4인의 크림슨 나이츠가 도착했다.

총 8인의 적색 기사가 그녀를 포위한 채 투기를 드러낸다. 사방에서 짐승의 울음소리가 음울하게 들려온다.

무대가 완성되었다.

"후우우……."

심호흡을 하며 카렌은 양팔을 좌우로 늘어뜨렸다. 적색 기사들이 그녀의 주위를 천천히 돌기 시작했다.

한순간, 그들이 몸을 날렸다. 포효와 함께 여덟 줄기의 투기강이 대기를 찢으며 굉음을 토했다.

콰콰콰쾅!

카렌이 두 팔을 좌우로 펼쳤다. 그녀의 전신에서 눈부신 은색의 빛이 폭발하듯 터져 나왔다.

"수면에 비친 달빛 사슬!"

수십 줄기 빛의 사슬이 허공을 뒤덮어간다. 뱀처럼 얽히고 요란하게 미끄러지며 적색 기사들의 빈틈을 교묘히 파고든다.

죽음을 각오하며 전력으로 전개한 달빛 사슬이었다. 그 속에 깃든 힘은 크림슨 나이츠의 투기 방어를 뚫기에 충분했다.

요란한 사슬 소리와 함께 붉은 안개가 성벽 위쪽을 자욱하게 메웠다. 끔찍한 비명 소리가 연신 터져 나왔다.

"크아악!"

"으어억!"

잘린 팔다리가 허공을 나부꼈다. 성벽 여기저기 크림슨 나이츠가 피를 뿌리며 맥없이 처박혔다.

끔찍한 몰골이었다. 팔이 잘린 이, 다리가 잘린 이, 목이 잘린 이도 있었다.

단 한 방에 크림슨 나이츠 두 명이 죽고 두 명이 팔과 다리를 잃었다. 무사히 서 있는 적색 기사는 네 명뿐이었다.

고통과 분노의 외침이 적색 기사들 사이로 울려 퍼졌다.

"크아아아!"

"크오오오!"

짐승의 소음을 뒤로한 채 카렌은 조용히 눈을 감았다.

'좋아.'

그녀가 진정한 카렌 이나시우스임을, 달의 여교황이자 불사의 마녀임을 확실히 증명했다. 릴스타인도 전혀 의심하지 않으리라.

'이걸로 충분해.'

이제 대가를 치를 시간이다.

심장을 잃은 육체가 마지막 호흡을 내뱉었다.

"하아아……."

*　　　*　　　*

살아남은 크림슨 나이츠 중 한 명이 움직였다. 마검 안티프레이어를 쥐고 있던 그 적색 기사였다.

쓰러진 카렌을 향해 다가가며 적색 기사는 잠시 머뭇거렸다.

그가 받은 명령은 '카렌 이나시우스를 죽여라.'였다. 그런데 뭐 해보기도 전에 카렌이 쓰러진 것이다.

명령에 혼선이 생겼다.

혼란을 느끼며 적색 기사는 눈앞의 시신을 살펴보았다.

심장이 멎은, 아니 멎을 심장조차도 이젠 존재하지 않는 카렌이지만 여전히 온기가 남아 있고 외부의 상처도 없다. 겉으로 보기엔 죽은 건지 아닌지 상당히 모호하다.

물론 맥을 짚어보면 바로 심장이 뛰지 않는다는 걸 알 수 있겠지만 크림슨 나이츠는 그 정도의 사리 분별이 가능한 상태가 아니다.

혼란은 금방 사라졌다. 임무를 마저 이행해야 한다는 판단이 떨어졌다.

적색 기사가 카렌의 시신을 붙잡고 번쩍 들어 올렸다. 그리고 명령받은 대로 저주받은 마검을 상대의 가슴에 찔렀다.

푸욱!

심장이 사라진 빈자리에 시꺼먼 칼날이 깊숙이 꽂혔다. 붉은 핏물이 터지며 역천의 기운이 카렌의 시체를 뒤덮기 시작했다.

여전히 카렌은 미동도 하지 않았다.

적색 기사는 만족했다. 비로소 주어진 명령을 완벽하게 수행했다.

그때였다.

"허어억!"

죽은 카렌이 다시 숨을 내쉬었다. 그녀의 전신에서 은빛 성광이 뿜어져 나왔다. 강렬한 기운이 적색 기사를 강타했다.

"…크륵?"

손아귀에 충격을 느끼며 기사는 카렌을 놓쳤다. 당황하며 그가 뒤로 물러서는 순간이었다.

풀려난 카렌이 고양이처럼 가뿐히 착지하더니 이내 몸을 날렸다.

단숨에 적색 기사의 코앞까지 쇄도하며 전광석화 같은 몸놀림을 보인다. 상대의 정강이를 걷어차 균형을 깨뜨리면서 동시에 턱을 후려갈기고 관자놀이에 엘보 어택, 뒤이어 길게 내지른 정권이 안면을 그대로 뭉개버린다.

섬전 같은 4연격이었다. 순식간에 적색 기사의 머리통이 투구째 박살 나버렸다.

점점이 흩뿌려진 핏물 사이로 카렌이 눈을 떴다. 어리둥절한 표정이었다.

"어……?"

죽지 않았다. 분명 사라졌어야 할 심장이 여전히 가슴속에서 맥동하고 있다.

아니, 이건 죽지 않은 정도가 아니다.

더 이상 추위가 느껴지지 않았다. 더 이상 호흡이 가쁘지도 않았다. 과거 불사의 마녀라 불리던 막대한 권능이 전신을 맴돌고 있었다.

그럼에도 불구하고 심장이 건재하다. 조금만 신성력을 끌어올려도 깨져 버리던 그 유리 심장이.

힘이 돌아왔다!

'하지만 어째서?'

카렌은 당황하며 자신의 가슴께를 내려다보았다.

검은 단검이 자신의 가슴 깊숙이 박혀 있었다.

마검이 역천의 기운을 내뿜으며 계속해 카렌의 신성력을 억제하려 한다. 그리고 그녀의 신성력 역시 반발해 계속 권능을 발한다.

'설마 혼천기와 똑같은… 역천의 기운이라서?'

멍한 얼굴로 카렌은 눈을 연신 깜빡였다.

'…아니, 그렇다 해도 이건 말이 안 되는데?'

*　　　　*　　　　*

흑발의 여인이 작은 탑에 숨어 바깥을 지켜본다.

"아아……."

여인, 시디아는 눈물을 흘리고 있었다.

"아아아……."

눈부신 신성의 빛이 그녀의 영웅을 감싸고 있었다. 단 일격에 초인급 소드하이어의 머리통을 박살 낼 정도로 강력한 권능이었다.

  무슨 일이 일어난 것인지는 알 수 없었다.

  정말 여신의 기적인 건지, 아니면 다른 이유가 있는 것인지……

  하지만 한 가지만큼은 확실했다. 시디아는 울면서, 동시에 웃었다.

  "아하하……"

  그녀의 영웅이 부활했다!

  『이계진입 리로디드』 9권에 계속…